おれたちの約束

佐川光晴

集英社文庫

目次

おれたちの約束 7
あたしのあした 187
解説 佐久間文子 209

おれたちの約束

おれたちの約束

1

おれは、まだ「おれ」なのか？　それとも、いつのまにか「ぼく」にもどってしまったのだろうか？

ベッドに寝ころび、天井を見あげながら、おれは考えていた。

中二の五月から、中学校を卒業するまでの二年間をすごした札幌《さっぽろ》で、おれは「ぼく」から「おれ」になった。「おれ」にならざるをえなかった。

銀行員の父と、やさしい母に愛されて育つ一人っ子、それが「ぼく」だった。東大合格者数ナンバーワンの名門開聖《かいせい》学園の中等部に入学し、「ぼく」の人生は順風満帆に進んでいた。ところが、父が単身赴任先の福岡で逮捕されて、運命は大きく変わった。

埼玉県朝霞《あさか》市の家と預金は差し押さえられて、おれは母につれられて札幌にむかった。それまで名前しか聞いたことがなかった母の姉である恵子《けいこ》おばさんは、中学生ばかり十四人が暮らす児童養護施設・魴鮄舎《ほうぼうしゃ》をたったひとりできりもりしていた。

おれは魴鮄舎にあずけられて、札幌市立栄《さかえ》北《きた》中学校に転入した。一室四人での慣れない共同生活に、初めは食事ものどを通らなかった。

いつかふたたび母と父と暮らすために、この困難を乗り切ってみせる。そう決意して毎日をおくるうちに、おれは自分が「ぼく」から「おれ」になっていることに気づいたのだ。

そこまでを思い返したとき、廊下のスピーカーから七時を告げるチャイムが鳴った。

「おはようございます。東北平成学園高等学校生徒寮のみなさんに午前七時をお知らせします。朝食は七時十五分からです。おくれずに、食堂に集まってください」

録音された女性の声につづき、舎監の村瀬《むらせ》先生が話しだした。

「生徒諸君、おはよう。早寝早起き芸のうち、快食快便芸のうち。今日は日曜日だ。杜《もり》の都・仙台《せんだい》の休日を、大いに楽しもうじゃないか」

ハイテンションな声が廊下にこだまして、おれはため息をついた。元気なことは悪くはない。しかし、なにも日曜日の朝に生徒をあおらなくてもいいだろう。

魴鮄舎なら、卓也《たくや》がすかさず文句を言って、健司《けんじ》や勝《まさる》と一緒にひとしきり盛りあがるところだが、あいにくこの寮は全室個室だった。

六畳ほどの小ぎれいな部屋に、机、ベッド、本棚が備えつけられている。個室のドアはカードロック式で、地上五階、地下二階の建物といい、高校の生徒寮というよりもビジネスホテルのようだ。

ただし、洗面所とトイレと風呂は共用なので、おれは歯ブラシとコップを持って廊下に出た。

「よお、高見《たかみ》」

洗面所からもどってきた中本《なかもと》と鉢合わせして、おれは足を止めた。

「ああ、おはよう」

中本の髪にはブラシがかかり、眉毛もきれいに整えられていた。左手には洗面用具を入れたポーチを持っている。

「おまえ、今日、なにか予定があるのか?」

「いや、別にないけど」

「それなら、青葉城《あおばじょう》に行かないか。仙台に来てから、まだ伊達政宗《だてまさむね》公に挨拶をしていなかったことに、さっき気づいてな」

千葉県佐倉《さくら》市出身の中本はおれと同じ選抜クラスの一年一組で、入試の順位も同点の二位だった。アイドル顔負けのイケメンで、性格もやたらと明るい。部屋も同じ二階なので、しょっちゅう声をかけてくるのが少々ありがた迷惑でもあった。

「高見も、まだ政宗公に挨拶をしていないだろ?」

「ああ」

「よし、じゃあ決まりな。朝めしも一緒に食おうぜ。菅野《すがの》も散歩にさそってあるんだ」

菅野も選抜クラスだが、東京芸術大学の絵画科をめざしているという変り種だった。

東北平成学園高等学校は宮城県仙台市にある私立の男子高校で、今年で開校十二年目になる。この数年東大合格者を急増させていて、学校の敷地内にある生徒寮の設備も充実しているため、東北各県の成績優秀者が集まってくる。

青森県弘前《ひろさき》市出身の菅野は、生徒寮に入って仙台市在住の画家に指導を受けるのが目的だったので、入試の上位二十五名で編成される選抜クラスをとくにねらってはいなかったという。

中本や菅野と散歩に行くのはいいが、四方山《よもやま》話《ばなし》をするうちに家庭の事情がバレるのは困る。父が今も刑務所に収監されていることは絶対に知られたくなかった。

魴鮄舎では、誰もが親元にいられない事情を抱えていた。つまり、ある意味全員が平等だった。ほかの施設はわからないが、魴鮄舎で誰かの境遇がうわさにのぼることはなかった。そんなまねをしたら、恵子おばさんの怒りをかって、即座にたたきだされてしまっただろう。

ただ、卓也の出生の秘密だけは、本人の希望で、おれに知らされていた。おれの父が逮捕されたいきさつを偶然知ってしまったからというのが理由で、それはいかにも卓也らしいフェアな態度だった。

卓也はバレーボールの名門・私立青森大和高校にスポーツ推薦で進学した。卓也からは毎晩メールが届いた。

〈陽介《ようすけ》、元気？　今日は紅白戦で三年生たちの三枚ブロックをぶち抜いてやったぜ！〉

卓也にも悩みはあるはずだが、それはおくびにも出さなかった。身長は百九十センチを超えたというし、日本バレーボール界を背負って立つ逸材として注目を集める日も遠くはないだろう。

それに比べて、おれは父が福岡の刑務所にいるのを知られるのが怖くて、なるべくひととまじわらないようにしていた。部活にも入らず、毎日勉強にあけくれる。特待生として授業料は免除、返還無用の奨学金も獲得していたが、予備校に行くだけのお金はないのだし、現役で国公立大学に合格するためには脇目もふらず勉強するしかない。

開聖学園に通っていたときの目標は、東大に現役で合格すること。そして、社会のなかでしかるべき地位に就き、精神的にも経済的にも恵まれた人生をおくることだった。

だが、鮒鮄舎で暮らすうちに、その考えは変わった。恵子おばさんや卓也のように、自分自身が納得するかどうかを第一の基準にして、どこまでも生きていくこと。それを可能にする力をつけるために勉強をするのだ。

そう決意して札幌を発《た》ったはずなのに、仙台に来てから、おれはすっかり弱気になっていた。

おれはまだ「おれ」なのか？　それとも、ガリ勉をして東大に進み、安定したレールに乗ろうとする「ぼく」に、いつのまにかもどってしまったのだろうか？　自問自答をくりかえしながら歯を磨いたので、やたらと時間がかかった。

部屋にもどり、ジーンズとシャツに着替えて地下一階にある食堂にむかうと、すでに半分以上の席が埋まっていた。

各学年五十名ずつ、あわせて百五十名の生徒が入寮しているので、食堂はかなりの広さがあった。民間の会社が業務をうけおっていて、昼の弁当も持たせてくれる。毎週日曜日の朝は、洋風のバイキングだ。おれは列に並び、トーストとベーコンとスクランブルドエッグとサラダを皿にとった。ドリンクバーで、牛乳もジュースも飲み放題ときている。

「高見、ここな」

声のほうに顔をむけると、中本が手をふっていた。となりには菅野もいる。

「おそかったから、心配したぜ」

「ごめん。部屋を出ようとしたら、メールが来てさ」

遅れた言いわけに、おれは出まかせを言った。

「彼女からか？」

「ちがうよ、なに言ってんだよ」

あわてて否定したが、中本はしっぽはつかんだというような目でおれを見ていた。

「別にいいじゃん、誰からだって」と菅野が助け舟を出してくれた。

おれはテーブルについたが、菅野と中本はもう食べ終わるところだった。

「ゆっくり食べていいよ。アトリエには、青葉城まで散歩したあとに行くんでいいからさ」

そう言って菅野はコーヒーカップを口にはこんだ。

「そういや、おまえって、日曜日は朝からみっちり絵のレッスンじゃなかったっけ？」

中本がきくと、菅野はうれしそうな顔で答えた。

「三山《みやま》さんがさ、あっ、おれの師匠の名前ね。六十七歳で、バリバリの現役画家なんだけど、その三山さんがよく言うわけよ。菅野君、絵も詩も歌も小説も、結局は説得力なんだ、って。他人を説得するんじゃないよ。自分自身に対する説得力があるかどうかが問題なのさ。これまで、あまたの絵が描かれてきたのに、そのうえさらに自分が絵を描くのはどうしてなのか？　天才たちがあれだけの仕事を残しているんだから、人生を棒にふる危険を冒してまで絵を描く必要なんてない。それでもおれは絵を描く。描かずにはいられない。そのわけは、他人には言えない。でも、おれは骨身にしみて知っている。人生との常軌を逸した格闘をつづけるものたちだけが、芸術にたずさわれるんだ」

「だから、どうだっていうんだよ」

中本が正しいツッコミをしたので、菅野が笑いだした。

「つまり、大切なのは人生だ。時間どおりにアトリエに行ったって、人生は豊かにならない。わざとサボるのもなんだから、真面目に通っていたんだけど、今日はきみたちとの散歩といういい口実ができたってわけさ」

菅野は晴れやかに言うと、カップに残っていたコーヒーを飲み干した。

「よくわからんが、高見が食べ終わったら出発しよう」

中本に言われて、おれはトーストをほおばった。

「よお、お三方」

いきなり肩をたたかれて、おれはパンをのどに詰まらせた。思いきりむせてしまい、村瀬先生があせっている。

「大丈夫か、高見。悪かったな」

生徒寮の舎監をつとめる村瀬先生は、おれたち一年一組の担任でもある。受け持ち教科は国語で、東北大学で国文学の博士課程を修了している。専門は短歌。一般読者むけの著作もあり、その道ではかなり著名な人らしい。東北平成学園高等学校の理事長の甥《おい》に当たり、三年前までは大手予備校につとめていて、カリスマ講師と呼ばれていた等々、すぐれた点はいくつもあるのに、三十六歳で独身の村瀬先生は自分が女性にモテないことをいつも嘆いていた。

「見てのとおり、ぼくはイケてないからな」

短歌は詠めても、在原業平《ありわらのなりひら》や光源氏《ひかるげんじ》のような二枚目ではないのが難点だというのだが、たしかに村瀬先生はイケメンとはほど遠い顔立ちだった。体型もずんぐりむっくりしているし、ジーンズにチェックのシャツという服装もワンパターンで、まるで見栄えがしない。それでも、古今東西の詩人や作家たちの逸話をまじえた授業は抜群におもしろかった。

村瀬先生が主宰する短歌の会は女性たちにも人気なのだという。みんなで平泉《ひらいずみ》や山寺《やまでら》に行き、風光明媚《めいび》な景色を眺めながら歌作に励む。

春休みには、浅草《あさくさ》で桜の花見をした。仙台から貸切バスで東京にむかう道中に話がはずみ、これはいけると、村瀬先生はかねてより思いをよせていた女性に意を決して交際を申しこんだ。ところが、それを最後に彼女は歌の会に姿を見せなくなってしまったと、村瀬先生は先週のホームルームで涙ながらに語ったのだった。

「おまえたち、今日はなにか予定があるのか？」

村瀬先生にきかれて、中本が青葉城まで散歩に行こうと思っていると答えた。

「そうか。せっかくなのに悪いが、ちょっと手伝ってくれないか？」

「いいけどさ、なにを手伝うの？」

中本は教師に対しても同級生を相手にするような口のきき方をした。

「ワンダーランドをつくろうと思ってな」

「ワンダーランド！」

中本が素っ頓狂な声を出して、まわりの生徒たちがこっちをふり返った。

「先生、すわって話しませんか」

菅野が大人びた態度ですすめたので、村瀬先生はおれのとなりの椅子に腰をおろした。

「ぼくが舎監になった三年前から考えていたことなんだが、ここの寮には生徒たちが集える場所がないだろう。食堂だって、食事のとき以外は入れないからな。生徒寮の設計段階からここの教員だったら、絶対におじきに進言したんだが、現状ではおたがいの個室をたずねあう以外に生徒同士はふれあえない」

それは村瀬先生の言うとおりだった。魴鮄舎では四人部屋だったので、十四人全員とはいかないまでも七、八人はひとつの部屋に集まれた。古い木造の二階建てで、冬はすきま風が入って寒かった。ありさや奈津《なつ》をまじえて、卓也たちとどれほどしゃべっただろう。そのあとは、おれがみんなに勉強を教えて……。

「おい、高見。聞いてるのか？」

村瀬先生に呼ばれて、おれはわれに返った。

「めずらしいな。授業はひとことも聞きもらさない高見陽介も、日曜日はぼんやりするか。いや、気をぬくべきときにぬけるからこそ、集中力がつづくんだな」

村瀬先生は高笑いをしてから、話をつづけた。

「とにかくだ、今も一階のホールにソファーセットが二組おかれているが、男子高校生が優雅にくつろぎながら会話を楽しんでどうする。第一、誰もあそこを利用しとらんだろう。だから、ソファーセットと観葉植物をとっぱらい、あの辺り一帯に畳を敷き詰めて茶の間にする。学年を超えて寮生たちが交流する憩いの場、それがワンダーランドだ！」

村瀬先生は、どうだというように会心の笑みを浮かべた。

「そう思いついて、おじきの許可はとったんだが、ホールに畳を敷くのは消防計画に違反すると事務方からクレームがついてな。居住スペース以外の場所に畳のような可燃物をおくのはまかりならんというわけだ。しかし、その程度であきらめてたまるか。あちこち当たってみると不燃性の畳があるという。それなら消防計画もクリアできる。去年のうちに注文しておいたのが、ようやくできあがったと、きのうの夜に連絡があってな」

村瀬先生はうれしさをおさえかねてまくしたてた。

生徒思いのいい先生だが、こういう村瀬先生の良さは、女のひとにはなかなか伝わらないだろうと、おれは思った。

「そういうことなら、青葉城に行くのはまたの機会にして、今日はワンダーランドづくりを手伝うよ」

中本が返事をして、菅野とおれもうなずいた。

「そうか、悪いな。お礼に昼飯をおごるから。実はもう、『味の助』の牛タン弁当を四つ頼んであるんだ」

「おっ、『味の助』とは豪勢ですね」

菅野が手をたたきながら、中本とおれに仙台の名店「味の助」について教えてくれた。牛タンは仙台名物だが、実はほとんどがアメリカ産やオーストラリア産の牛をつかっている。「味の助」は元祖を名のるだけあって、仙台牛のみを使用している。そのぶん値段は高いが、味は抜群だという。

「よく知ってるな。菅野は、食べたことがあるのか？」

村瀬先生がちょっとおどろいたという顔できいた。

「はあ、うちの親父《おやじ》はうまいものに目がなくて。それよりも、おれたちがＯＫしなかったら、どうするつもりだったんですか？　どうせなら、きのうのうちに言ってくればいいのに」

菅野がたずねると、村瀬先生はまじめな顔で首をふった。

「みんなが集う場所をつくるんだ。おまえたちに声をかければ、急な話でもかならず手をかしてくれると信じていたのさ」

村瀬先生はおれたち三人と順に目を合わせると、椅子から立ちあがって食堂の出入り口にむかった。

畳が届くのは十時すぎだというので、おれはいったん部屋にもどった。一時間半あれば数学の予習ができると机にむかったが、まるで集中できず、おれはベッドに寝ころんだ。

村瀬先生と初めて会ったのは三月末だから、ひと月ほど前になる。

二月に受験に来たときと同じく、おれは仙台駅から乗った地下鉄を台原《だいのはら》駅で降りた。階段をのぼって地上に出ると、目の前には木々におおわれた丘があり、大きくカーブした道路に沿って歩いていくうちに東北平成学園が見えてきた。五階建ての校舎は、打ちっぱなしのコンクリートとガラスの壁面からできていて、まるで美術館のようだ。

正門をくぐると、左手には校舎が三棟並び、右手には陸上用のグラウンドとテニスコートが広がっている。春休み中のせいか、構内にひとかげはなかった。

学校案内のパンフレットによれば、生徒寮は体育館の裏手にあるという。入学試験の日は、難度の高い問題を解くのに頭をフル回転させたあとだったので、生徒寮まで足を延ばすだけの体力は残っていなかった。

陸上用のグラウンドと校舎のあいだの道を進んでいくと、その先にサッカーのゴールがある校庭と体育館があった。体育館のうしろから頭を突き出している五階建てのビルが生徒寮だとわかったのは、玄関前にかけられた看板を見たからだった。

ガラス製のとびらに貼り紙がしてあり、新入寮生はインターホンを押すようにと書いてある。応対に出てきた事務職員に書類を提出して、おれは入寮の手続きをすませた。これで自分の部屋で休めるとホッとしていると、一階の奥にある舎監室に行くようにと言われて、おれは村瀬先生と一対一で話をした。

「高見陽介、いい名前だな。面構えもなかなかだ」

そこでことばを切って、村瀬先生はおれを見つめた。

「実は、きみのおかあさんから、学園宛に手紙が届いてね。そこに、ご家庭の事情が書かれていた。栄北中の校長先生からも、たいへん優秀な生徒なので、くれぐれもよろしくお願いしたいとの封書が送られてきた。いろいろ苦労したようだが、高見はくじけずによく勉強したな。ここでもがんばって、自分の力で将来を切り開くといい。ぼくもできるかぎりの手助けはするから、困ったことがあったらなんでも言ってくれ」

先生の好意はありがたかったが、おれの願いは父が刑務所に入っていることは誰にも漏らさないでほしいという一点に尽きた。それさえ守ってくれるなら、いくらでも努力してみせる。勉強をがんばるのは当然で、将来だって自分の力で切り開いてみせる。

胸にたぎる思いをおさえて、おれは先生に頭をさげた。

「よろしくお願いします」

「うん。しかし、そう気張らないで、まずは仙台をぶらついてみるといい。札幌もいい街だが、ここも歴史があっていいところだよ」

村瀬先生のすすめにもかかわらず、おれはその日から机にむかい勉強に励んだ。東大に現役で合格するためには一日だって無駄にすごすわけにはいかないからだ。

高校受験を終えたあとも、おれは勉強を欠かしていなかった。二月半ばに東北平成学園高等学校に合格すると、発表の翌日に段ボール箱が送られてきた。選抜クラスの生徒のみに送付されるものだそうで、中身は教科書と入学までの課題だった。数学と英語は、一学期で学ぶ範囲を予習したノートを入学式の日に提出せよという。

札幌にいるうちから手をつけて、順調にこなしていたが、栄北中の卒業式を終えたあとに福岡刑務所を訪ねたせいでペースが狂った。

わざわざ遠い福岡まで父に会いに行く必要などなかったのに、おれは自分の姿を父に見せたかった。激変した境遇にもめげずに中学校を卒業し、東大もねらえる難関校に合格したことを自分で報告したかった。しかし刑務所の面会室にあらわれた父は、おれが知っている父とはまるで別人のようだった。

おれはその日のうちに福岡を発って、東京にむかった。母はなにも言わずにおれを迎えてくれた。

父が逮捕されてから、母は病院で介護の仕事に就いていた。寝たきりになったお年寄りの病室に泊まりこみ、家族にかわって二十四時間つきっきりで身のまわりの世話をする。きつい仕事のため、なり手はあまりなく、そのぶん実入りはいい。

働きだしたばかりのころ、心労と過労から倒れたこともあったが、母は元気だった。以前は家にいるときでもお化粧をしていたのに、今ではすっぴんが板についている。無造作にまとめた髪といい、専業主婦だったころの面影はなかった。そうは言っても母は母で、その晩につくってくれた豚肉のしょうが焼きと大根の味噌汁《みそしる》はなつかしい味だった。

母が借りてくれたウィークリーマンションに三泊しただけで、おれは仙台にむかった。母はおどろいていたが、おれは父からできるだけ遠ざかりたかったのだ。

携帯電話の着信音で、おれは目をさました。ベッドに寝ころんでいるうちに眠ってしまったらしい。かけてきたのは中本で、畳を積んだトラックが到着したという。

「悪い、すぐ行く」

そう答えるなり、おれはベッドから飛び起きた。

「うん、ひとまずこれでよしとしよう」

村瀬先生が言って、おれたち三人は畳に倒れこんだ。時計を見ると午後二時をまわったところだった。

「実働三時間半で牛タン弁当ひとつか。時給に換算すると、最低賃金を下まわるなあ。うまかったけど」

　中本がつぶやき、その横に倒れていた菅野が起きあがった。

「それじゃあ、おれはアトリエに行くんで」

「そうか、がんばってこいよ」

　あぐらをかいた村瀬先生に見送られて、菅野が生徒寮の玄関を出ていった。一階は全面ガラス張りになっているため、カバンをたすきがけにして校舎のほうに歩いていく菅野のうしろ姿がよく見えた。

　畳に横になっているので視線が低く、世界がいつもより広く感じられた。

「落ちつくような、落ちつかないような、不思議な気持ちになれるワンダーランド。ぜひ一度、お立ち寄りください」

　中本がおどけて、村瀬先生が手をたたいた。

「さすがは弁論部、言いえて妙だね。その調子なら、生徒会選挙も楽勝だろう」

「そう簡単にはいかないよ。宇佐美《うさみ》には地元票に加えて、体育会系の票もあるからね。こっちが選抜クラスだってことで、むこうに流れる票もあるだろうし」

　東北平成学園では、各学年ごとに生徒会が組織されている。学年としての一体感を生み出すと共に、社会のリーダーとなる人材を育成しようとのねらいがあるらしい。二年生と三年生の役員は前年度のうちに決まっていて、一年生のみゴールデンウィーク明けの中間テストのあとに選挙が行なわれる。

中本は入学当初から生徒会長への立候補を公言していた。ライバルの宇佐美は仙台市出身の自宅生で、身長百八十センチ、体重九十キロを超える巨漢の柔道部員だ。父親は宮城県の県議会議員をしているという。

「どうだ、高見も副会長に立候補したら」

村瀬先生に言われたが、おれは首を横にふった。

「生徒会はいいから、学園祭を手伝ってくれよ。おれが当選したらだけどな」

中本に言われても、おれは返事をしなかった。

東北平成学園は大学受験をメインにした進学校なので、運動部はサッカー部とテニス部と卓球部と水泳部、それに柔道部しかない。しかも二年生いっぱいで引退してしまう。

それに対して文化系のクラブは盛況で、物理部や生物部、それに弁論部は全国的にも有名らしい。アニメ研究会や漫画研究会も人気で、秋の学園祭には学外からも多数の来場者があるという。楽しみでないこともないが、おれは勉強に集中したかった。

「なんだ、つまらねえ。高見も周《しゅう》と一緒かよ。部活もしないで勉強三昧」

中本に呆《あき》れられたが、おれの気持ちは変わらなかった。

周というのは、周武平《ぶへい》君のことで、選抜クラスの一年一組にいる中国人留学生だった。

入試では五教科とも満点で、中本やおれをおさえてトップで合格した。これまでの小テストもことごとく満点で、授業中の態度は真剣そのものだった。

ただ、クラスメイトと交流するつもりはないらしく、周君は誰とも口をきかなかった。仙台市役所の近くにある留学生会館で暮らしていて、雨の日もカッパを着て自転車で通学してくる。中本は生徒寮にあそびに来ないかと何度もさそっていたが、周君は返事さえしなかった。

「まあいいや。それなら、中間テストで周にひと泡ふかせてやってくれよ」

おれだってそのつもりだが、周君はこれまで会った誰よりも優秀だった。見るからに気が強く、絶対に負けないという気迫をみなぎらせている。こちらも全教科満点を取るくらいでなければ、とても太刀打ちできないだろう。

それはともかく、ワンダーランドをつくるのに三時間半もかかったのは、ホールの床掃除に手間取ったからだ。

畳二十枚をトラックの荷台からおろし、ホールに運びいれたときには、すぐに作業が終わりそうな気がした。ところが、観葉植物の鉢やソファーセットをどかしてみると、そのあとに黒い汚れがこびりついていた。

畳を敷くのにそれはまずい。村瀬先生があわてて洗剤とスポンジとゴム手袋を買ってきて、四人でリノリウムの床をこすりはじめた。生徒寮の開設から十二年がかりでたまった汚れなので、おいそれとは落ちてくれない。二十畳分の面積を拭くのは容易ではなく、やがて額から汗がしたたり落ちた。

「悪いなあ。こんなに面倒だとは思わなかった」

村瀬先生は口ではあやまりながらも、楽しくてしかたがないようだった。

「ところで、きみたちは彼女はいるのか？」

おれたちが知らんふりをしていると、先生はひとりずつ問いただしてきた。

「おい、中本。イケメンのおまえなら、いくら追い払ってもきりがないほど女の子がよってくるだろう」

「短絡的な発想だなあ。先生、歳《とし》はいくつ？」

「三十六だ、悪かったな。おまえのようなやつに、一度もモテたことのない男の気持ちがわかるか」

「モテるのも、嫌なもんだよ。要は、軽く見られているわけでさ。人間、本気で好きになった相手には、きゃーきゃー言わないはずだからね」

「それはそうだが、じゃあ、つきあっている彼女はいないのか？」

「いたら、千葉から出ないよ」

中本の返事があまりにつっけんどんなので、村瀬先生もアテがはずれたようだった。

「菅野はどうだ。おまえがませているのは、年上の彼女がいるからにちがいない。中本のようなイケメンより、菅野みたいな少し陰のある男に女は本気で惚《ほ》れるんだ」

「先生、冷静になりましょう。たしかに、ガールフレンドはたくさんいますが、それはあくまで話し相手としてですよ。おれの悩みはそこなんで、どうもおれはものわかりがよすぎるんだな。絵描きを志すものにとっては、かなり致命的な欠点です。そうかといって、先生みたいな欲求不満のかたまりが仰ぎ見る女性美というのも疑わしいからなあ。そんなわけで、恋人といえるほどのひとはいません」

「じゃあ、高見はどうだ？」

あとがなくなった村瀬先生に問いつめられて、おれの心臓が大きな音を立てた。

「へえ、本当にいるのか」

中本が村瀬先生よりも先に反応した。

「そりゃあ、おもしろい。高見を好きになるっていうのは、なかなかいいセンスだよ」

菅野まで興味津々のようで、二人ともスポンジを動かす手を止めて、おれの返事を待っている。

「札幌の子か？」

村瀬先生にきかれて、おれは首をふった。そのとたん、先生がまずいという表情を見せた。札幌で知り合ったのでないとなると、話がおれの家庭の事情におよぶ可能性もあるからだ。

「三月のすえに別れたんです」

そう答えながら、おれは心のなかで波子《なみこ》さんにあやまった。

「悪いことをきいてしまったな。大人気なくて、本当に申しわけない」

村瀬先生が頭をさげて、おれたち四人はしばらく気まずい沈黙のなかで床をこすった。

波子さんとおれが本当に別れてしまったのかどうかは、おれにもよくわからなかった。ただ、東京から仙台にむかう直前にひどいケンカをしたのはたしかだし、そのあとは手紙もメールもまるで来なくなった。

魴鮄舎にいるときは、毎週のように長い手紙を送ってきたのだから、波子さんが怒っているのはまちがいなかった。そうかといって、おれのほうからあやまるのもちがう気がする。それもこれも父のせいだと思うと腹立たしくなり、おれは猛烈な勢いでスポンジを動かした。

床の掃除に午後一時までかかり、せっかくの牛タン弁当が少し冷めてしまった。それでも菅野が言っていたとおり味は抜群で、白髪ネギがたっぷりのったテールスープは絶品だった。

再び動き出してからは早くて、おれたちはきれいになったホールの床に新品の畳を敷きつめた。村瀬先生が用意していたテーブルとちゃぶ台をおくと、ワンダーランドが完成した。

「よし。出かけた菅野には悪いが、ワンダーランドの完成を祝して乾杯をしよう」

村瀬先生が立ちあがり、ホールの奥にある自動販売機でコーラを三本買ってきた。

「なんでコーラなの？」

中本の質問に、村瀬先生が胸を張って答えた。

「ぼくたちくらいの年の者は、めでたいときはコーラなんだ。そりゃあ、ビールで乾杯できればいいが、いくらなんでも教師みずから高校生に酒をすすめるわけにはいかんだろう」

中本とおれが顔を見合わせていると、先生がこぶしでちゃぶ台をたたいて力説した。

「大事なのは、ここに寮生たちが集うかどうかだ。あさってからゴールデンウィークだから、休み明けが楽しみだな。いや、すぐに中間テストが始まるから、ここで油を売られても困るか。とにかく、ワンダーランドの盛況を願って！」

乾杯をしたあとに中本と二人でちびちびコーラを飲んでいると、席を立っていた村瀬先生が二つ重ねにした段ボール箱を抱えてもどってきた。

「ダべるのもいいが、こういうのもいいだろう」

箱の中身は将棋盤と駒、それに碁盤と碁石だった。盤はどちらも脚がついた立派なものだった。

「ワンダーランドというからには、きみたちがなにをしようと自由だが、コンピューターゲームはご遠慮願いたい。最初が肝心ということで、どうだ一番、もしくは一局」

村瀬先生にきかれて、中本がおれと目を合わせた。将棋は初心者程度、五目並べなら自信があるが、囲碁はルールもわからない。とても無理だとおれが首をふると、中本が碁盤の前に正座をして、ハンカチで盤を拭きはじめた。

その仕草があまりに堂に入っているので、村瀬先生もおどろいたようだった。中本のむかいにすわって、膝に手をおき、盤を拭き終わるのを待っている。

「棋力は、どのくらいかな？　ぼくはアマチュア六段」

「級位はありませんが、去年の千葉県大会中学生の部で三位でした」

ことばづかいも一変し、中本はさっきまでとは別人のような雰囲気をただよわせていた。

「初対戦だし、ぼくが白を持って、コミなしで一局打ってみよう。時間もないから、一手十秒の早碁《はやご》でどうだ。長考も一回一分をめどにして」

「お願いします」

中本がそれでかまいませんというようにお辞儀をして、村瀬先生も頭をさげた。おれは正座をして、盤の真横から勝負の行方を見守った。

村瀬先生のほうが強いらしく、手が進むにつれて中本が考える時間が増えた。中本は目を見開き、盤上をにらんでいる。

中本は石を強く打つ。対する村瀬先生は、常に静かに石をおく。好対照な打ち方によって並べられた黒と白の石が碁盤を埋めていく。

三十分ほど経過したところで、中本が頭をさげた。

「負けました」

村瀬先生はうなずいたが、まだ空いている場所も多いし、おれにはどうして勝敗が決したのかわからなかった。

「碁は、どなたから？」

「祖父です。そのせいか、打ち方が少し古いと言われます。あとは我流で、力まかせで」

「たしかに荒っぽいところもあるけど、筋は悪くないよ。むしろ、劣勢を悟ってからのねばりに独創性があった。囲碁部には、入らない？」

「生徒会長になるつもりなので」

「そうか。じゃあ、またここで打とう。気がむいたら声をかけてよ。置石三つから始めよう」

「わかりました。ありがとうございました」

「こちらこそ、ありがとうございました」

おれには意味不明な会話を終えると、村瀬先生と中本は碁石を片づけた。

「二人とも、今日はご苦労さま」

村瀬先生は立ちあがり、舎監室に帰っていった。中本は正座を崩して、畳にあおむけに寝ころんだ。

「いやあ、強い強い。アマ六段って言ってたけど、セミプロ級だな。まるで歯が立たなかった」

中本は晴れ晴れとした顔で言い、その勢いで起きあがった。

「高見は、碁の対局を見るのは初めてか？」

おれがうなずくと、中本はおかしそうに表情を崩した。

「さっきの勝負は、もう勝ち目がないと判断して、おれが自分から負けを認めたんだ。そういうのを中押《ちゅうお》しと言う。つまり、先生の中押し勝ちだ。終局まで行ったら、お互いの目を数えて、コミも換算して、半目でも多いほうが勝ちだ」

詳しく説明されても、おれにはさっぱりわからなかった。

「碁をおぼえる気があるなら教えてやるぞ。おまえなら、すぐに強くなるさ」

とつぜんのさそいに返事をできずにいると、中本はそれ以上はすすめてこなかった。

そして、今の勝負を検討するからと言って、ひとりで碁盤に石を並べだした。

ゴールデンウィークになり、中本は千葉の佐倉に帰省した。菅野は東京の美術館めぐりに出かけた。気がむいたら、大原美術館のある倉敷《くらしき》まで足を延ばすつもりだという。

食堂の空き具合からすると、寮生の半数以上が故郷に帰っているようだった。村瀬先生も著作の執筆のために仙台市内の自宅にこもってしまい、若手の教員がかわるがわる舎監室に泊まっていた。

おれは帰る家もないので、生徒寮に残ってテスト勉強にあけくれた。卓也からは毎日メールが来たが、波子さんからはなんの連絡もなかった。

夕方になると、おれは村瀬先生が貸してくれた自転車に乗って街に出かけた。

東北平成学園は台原森林公園の南側にあり、市の中心部とは直線距離で四キロほど離れている。街中にあるスーパーマーケットの駐輪場に自転車を停《と》めて、定禅寺通《じょうぜんじどおり》のけやき並木を歩いたり、青葉城にも行って、ひとりで伊達政宗公に挨拶をした。

一度は朝から遠出をして、太平洋に面した蒲生《がもう》海岸公園に行った。貞山堀《ていざんぼり》という江戸時代に築かれた舟運用の長い堀があり、松の防風林が美しかった。しかし、なによりも、おれは太平洋の雄大さに胸を打たれた。

海は広い。本当に広い。

はるかな沖からよせてはかえす波を眺めていると、勉強にばかりこだわっている自分があまりにちっぽけに思えた。それでも、今は勉強にこだわる以外にないのだと決めて、おれは太平洋に背をむけ、生徒寮にむかって自転車をこいだ。

2

ゴールデンウィーク中に勉強に励んだ成果は見事にあらわれた。連休明けの中間テストで、おれは高得点を連発した。しかし、うえにはうえがいて、周君は七科目のいずれもほぼ満点だった。センター試験並みの難易度で、国語のクラス平均は六十点台だったのだから、驚異というしかなかった。

「みんな、身近に周のような最高のお手本がいることをよろこぶように。とくに、授業中の集中力は見習ってもらいたい」

下校前のホームルームで村瀬先生がほめたが、周君は他人ごとのように窓の外を見ていた。

「高見も、よくがんばったな。この調子でモチベーションを維持するといい。そうすれば」

「よっ、日本一！」

先生の講評が終わるのを待たずに中本がかけ声をかけてきた。立ちあがってみんなに拍手を求めたので、周君のときとは大ちがいでクラスが盛りあがった。

「中本、いったいなんのつもりだ」

村瀬先生がいつになく厳しい声で問いつめたが、中本は動じなかった。

「おれは事実を言ったまでです」

「国籍はちがっても、同じクラスの仲間だろう」

「それはそうですけどね、周のほうはそう思ってないんじゃありませんか。先生だって、おれがちょくちょく周に話しかけては無視されてきたのを知ってるでしょ。まあ、好きにしてくれよ、周武平君。おれは入学式できみに会ったときから、隣国出身のクラスメイトと切磋琢磨《せっさたくま》するのを楽しみにしていたんだが、そっちは日本に個人授業でも受けに来たみたいだもんな」

下校時刻の午後四時半をまわっていたが、村瀬先生も大切な機会だと思ったらしく、中本を止めなかった。

「おい、なんとか言ったらどうだ？　それだけできるなら、わざわざ日本に来なくたって、北京《ペキン》大学に進めるだろうよ。それとも、中国にいられない理由でもあるのか？」

話題がきわどい方面にむかったので、村瀬先生が中本に首をふってみせた。

「わかりました。もうやめます。おれは国籍ごときでひとを区別できると思っていないが、それでもその国独特の考え方はあってね。囲碁でも、中国や韓国は超一流の棋士が、ただ勝てばいいというような実に見苦しい手を勝負どころで平気で打つからね」

「それは、どういうことだ？」

周君が強い声でたずねたので、一年一組の教室に緊張が走った。

「ようやく反応をみせたか。ということは、囲碁の心得があるのかな」

中本はいよいよ本番だというように腰に手を当てたが、そこで村瀬先生が止めにはいった。

「今日は、ここまでにしよう」

「いいえ、ひとこと言わせてください。囲碁は中国で生まれたものだし、中国の棋士たちの悪口を言われて、黙っているわけにはいかない。なんなら勝負してみるか？　ちなみにぼくは囲碁歴十年だが」

周君は傲然と言い放つと、見下した目を中本にむけた。

「わかった、わかった。囲碁のことは、ことばでやりあうんじゃなくて、実際に対戦してみるのが一番だろう。そのうちに、周と中本とで一局打ってみるといい。それでは、日直、挨拶」

「気をつけ。礼」と声がかかり、詰め襟学生服を着た二十五人の男子が頭をさげた。

周君はカバンを持って、うしろのドアから出ていった。村瀬先生が小走りであとを追いかけて、どうなるのだろうと心配していると、中本がおれに近よってきた。

「ひと月かかって、ようやくジャブがかすったってところか」

満足げにうなずく中本を見て、挑発的なことばは周君から反応を引き出すためのポーズだったらしいと、おれは中本の演技力に感心した。

「それはそうと、中国や韓国と日本では、囲碁のやりかたがちがうの?」

おれの質問は的はずれだったらしく、中本が笑い声を立てた。

「寮にもどったら教えてやるよ。それにしても、二番が高見だったから騒げたわけで、まあ感謝だな」

中本は何番だったのか気になったが、このタイミングできくのも悪い気がして、おれは先に生徒寮に帰った。

「まず基本的な知識からいくと、囲碁は約四千年前の中国で誕生し、朝鮮をへて日本に伝わったと考えられている。奈良時代にはすでに宮中で碁が盛んだったらしく、万葉《まんよう》集《しゅう》にも碁に関する記載がある。平安時代以降も貴族や僧侶たちのあいだで研鑽《けんさん》がつづけられて、やがて武士のたしなみになる。織田信長《おだのぶなが》は囲碁が好きで、当時の名手同士に打たせた対局の棋譜《きふ》が残っている。三コウができて無勝負になるというめずらしい一局で、その直後に信長が本能寺《ほんのうじ》の変で明智光秀《あけちみつひで》に討たれたことから、三コウは不吉という俗信が生まれた」

夕食のあとにワンダーランドで話したので、中本の声が高い天井に吸いこまれた。

「江戸時代になると、徳川《とくがわ》将軍家が囲碁を奨励・保護して、本因坊《ほんいんぼう》家に道策《どうさく》という天才が出現した。やみくもに勝利をめざすのではなく、最善の一手を追究する技芸として、囲碁は日本で大きな進歩を遂げた。明治に入ると、新聞社が棋戦を企画して、紙面でも囲碁欄をもうけたので、一般のひとびとに広く浸透していく。中国からも棋士が来日して、囲碁は黄金期を迎えた」

中本は何人かの棋士の名前をあげたが、おれが唯一聞いたことのある気がするのは呉《ご》清源《せいげん》だった。おそらくニュースで名前が流れたのだろう。

「そんなわけで、戦前も戦後も日本の囲碁界が世界をリードしてきた。ところが、八〇年代に中国と韓国で囲碁ブームがおきた。才能のある子どもに英才教育をほどこしてきた成果があらわれて、猛烈に日本を追いあげてきた。それでも一日の長で、国際棋戦では日本人棋士たちが他を圧倒していたんだが、そのうちに肩を並べられて、ついには中国・韓国の棋士に歯が立たなくなった。もっとも、そこには、強さについてのとらえかたの相違もあった。日本では、名人戦や本因坊戦といった棋戦は二日間にわたって、たっぷり時間をかけて双方がしのぎを削る。持ち時間は各々八時間。棋譜は新聞に掲載され、後日出版もされて、当代の名棋士たちの好手、妙手が後世に受け継がれていく」

そこで中本はのどが渇いたらしく、舌でくちびるをなめた。

「麦茶でいいか？」ときいて、おれはワンダーランドの隅にある冷蔵庫からポットをとり、湯のみについだ。

冷蔵庫は村瀬先生が提供してくれたもので、なかの水やお茶は自由に飲んでいいことになっていた。

「悪いな」と言って、中本は麦茶に口をつけた。

「日本では、勝ち負けよりも、その棋士がどのような碁をめざしているのかという世界観に重きがおかれる傾向がある。つまり、布石をどう打ち、相手をどう攻めていくのかということだ。地に辛《から》く打つのか、それとも模様を大切にして盤全体に勢力を広げていくのか。はたまた、相手の大石を仕留めることを生きがいにするのか。そういった独自の棋風がともなわなければ、いくら勝ち星をあげても第一人者とは見なされなかった。それに対して、中国や韓国はテレビ時代になってから囲碁の人気が出たせいもあって、高額賞金のビッグタイトル戦でも持ち時間が三時間しかない。半日あれば決着がつくし、持ち時間を使い果たしたあとは一手三十秒の早碁になる。おたがいに深い読みは入れられないから、自信のある手ではなくて、相手を混乱させてミスをさそおうとする手ばかりを打つ。そういうのは闇試合といって日本では軽蔑されているんだが、中国も韓国も超一流棋士がタイトル戦の場で平気でそれをやる。自分たちでも目茶苦茶をやっていると自覚しているから、棋譜も大切にされない。大局観よりも反射神経ばかりが鍛えられて、勝敗だけが重要視されるという風潮ができあがった」

「なるほど、たしかにそれはいいことじゃないよな」

おれがうなずくと、中本が鼻で笑った。

「ルールもわかっていないやつがエラそうに」

図星を指されたが、おれはくじけずに話を進めた。

「中本が言いたいことはわかったけど、日本の棋士たちは闇試合に持ちこまれると弱いわけだ」

「そんなものに慣れたって意味はない。むしろ、中国や韓国の棋士たちに持ち時間が八時間の二日制で打たせたらどんな碁になるのか、そっちのほうが知りたいよ」

以前から考えてきたことらしく、中本の意見には説得力があった。

「それじゃあ、周君と中本の対局も、早碁と二日制の両方を打てばいいじゃないか」

「なるほど、そいつはいいアイディアだ」

中本は即答したが、もしも周君が村瀬先生なみに強かったらどうしようと、おれは心配になった。

「周よりも、まずは明日、宇佐美を倒して生徒会長にならないとな」

気合を入れて立ちあがると、中本はホールを大またで横切り、自分の部屋にもどっていった。

3

一年生の生徒会選挙は金曜日の午後一時から体育館で始まった。五、六時間目の授業をつぶして行なうところからしても、学園としていかに力を入れているかがわかる。

「東北平成学園高等学校一年生のみなさん、元気ですか！　ぼくは本日の司会をつとめる三年生生徒会長のキムタクこと、木村琢磨《きむらたくま》です。タクマは、切磋琢磨の下二文字。気が弱い両親で、ＳＭＡＰの方と同姓同名にはしきれませんでした」

強引なノリに体育館は静まり返ったが、ロン毛で長身の三年生は意に介さずに話しつづけた。

「今日はこれから、一年生生徒会の役員を選出する選挙を行ないます。手順については、このあと二年生生徒会長の村木《むらき》君が説明します。木村と村木、偶然ですが、似通った苗字《みょうじ》のぼくたち二人と肩を並べる一年生の生徒会長は誰になるのか。名簿には、残念ながら木村も村木もなく、そのかわり一年七組に田村《たむら》君と村田《むらた》君がいました。二人は、立候補するのかな？　ああ、今、必死に首を横にふっているのが田村君と村田君ですね。わかりました、ちゃんと見えましたから。それはともかく、みなさん、どんどん立候補してください。全役員が決まるまではエンドレスです。徹夜だってなんのその。全員が納得して、自分たちの代表を決めるまで、大いに盛りあがっていきましょう！」

人差し指を突き出した決めポーズで一年生たちの苦笑をさそいながら木村会長はステージのそでに引っこみ、入れ替わりにスポーツ刈りでいかにも真面目そうな二年生の村木会長が登壇した。

あがり症なのか、小柄な村木さんは手元のメモに目をむけたまま顔をあげず、書記、会計、生徒会長、副生徒会長の順で選挙を行なっていくと早口で説明した。会長が副会長よりも先なのは、会長選に落選した候補の参戦を認めるためだという。

「村木君、ご苦労さま。みんな、村木会長をナメちゃいかんぜよ。ああ見えても、東大理Ⅲをめざす大秀才ですからね」

「おおー」

ため息とも歓声ともつかない声が、体育館のフロアにすわった一年生たちからあがった。

「さあ、始めましょう。まずは、縁のしたの力持ち、書記の役目を担おうという意欲のあるひとは、どうぞ手をあげて」

「はい！」

「はい！」

「はい！」

と三ヵ所から声があがり、三人の生徒がステージに立った。

「今年の一年生も、やる気があってすばらしいですね。それでは、クラス番号の若い順に名前をどうぞ。ああっと、ひとつ言い忘れていましたが、わが校は生徒会の役員選挙に立候補しただけでは内申書に記載されません。いいですね、みなさんはアテがはずれたと落胆していませんか、大丈夫ですか？」

木村さんのアクの強い芸風になれてきたのか、体育館のあちこちから笑い声があがった。

「木村、おまえのMCの腕は一年生たちにもわかったようだから、早く先に進め」

ステージの下で腕組みをしていた村瀬先生に注意されて、木村さんが頭をかいた。村瀬先生の横には一年二組から七組までの担任六名が並び、リラックスした雰囲気で木村さんと村瀬先生のやりとりを見守っていた。

「すいません、村瀬先生。そういえば、先生も苗字に『村』がつきますね。まさに村落共同体ということで、今後ともよろしく」

このやりとりはちっともウケなかったが、木村さんはめげずに話を進めた。書記と会計は、立候補者の選挙演説だけで挙手による投票にうつるため、とんとん拍子に進んでどちらも当選者が決まった。

「いよいよ本日のメインイベント、生徒会長選挙にうつります。そして、みなさんを楽しませてきたぼくの司会も、つぎのひとことでひとまず終わりです。あとは、生徒会長へ名のりをあげた諸君でこの場を盛りあげて、東北平成学園高等学校一年生の栄えある代表者を決定してください。それでは、生徒会長に立候補する人は起立して、そのままステージにどうぞ」

「はい」と声をあげて、宇佐美が立ちあがった。

身長百八十センチ、体重九十キロ超の宇佐美が体育館の床をきしませながらステージにむかい、壇上への階段に足をかけたときに、「はい」と言って中本が立ちあがった。

宇佐美は、中本の姿を確認しようとふり返った拍子にぐらつき、一度フロアにおりてから階段をのぼり直した。ステージの中央に進み出たあとも宇佐美は落ちつかず、柔道部の仲間にむかってうなずいてみせたときも視線が定まらなかった。

中本は宇佐美の登壇を待って、階段の手前でこちらにむかって一礼した。ステージにあがると、右手を差し出して宇佐美に握手を求めた。握手をかわすやいなや、中本はさも宇佐美の握力が強かったように手をふりほどいたので、体育館中から笑いがおこった。

「お役ごめんのつもりだったけど、ちょっとぼくが仕切ったほうがいいようですね」

マイクを持った木村さんが小走りで階段をあがり、再びステージにあらわれた。

「この二人のほかに、生徒会長に立候補する人はいませんか？」

誰も起立しないのを確認してから、木村さんは二人に名前とクラスと所属しているクラブ名、それに出身中学校を言わせた。

「宇佐美君と中本君は、好対照ですね。かたや仙台出身の体育会系、かたやアイドル顔負けのイケメンで選抜クラスの一年一組。なんとも興味深い対決です。それでは、つづいて選挙演説にうつります」

木村さんのことばを受けた中本は、宇佐美にむかって先でもあとでも好きなほうを選んでいいと言ったようだった。そこで宇佐美が演台に歩いてゆき、中本はステージのそでにさがった。

「東北平成学園一年生のみなさん、今日はお集まりいただき、どうもありがとうございます」

堅苦しく、ピントのずれた挨拶に、フロアのあちこちから失笑がもれた。

宇佐美は大きく深呼吸をして、自分は仙台市の出身で、地元に根づいた活動をしていきたいと力説した。子どものころから柔道とボーイスカウトをやっていて、駅前のゴミ拾いや赤い羽根の募金活動をしてきた。高齢者介護施設を訪問するボランティア活動もしているというが、高校生ならではの行動は提起しなかったので、一年生たちの反応は薄かった。

宇佐美の顔は汗びっしょりで、制限時間の五分をかなり余して演説を終えた。

「では、つづいて中本尚重《なおしげ》君」と木村さんに呼ばれて、「はい」と中本がよく通る声で返事をした。中本は神妙な顔で演台の前に立ち、気をつけをしてから、深々と礼をした。

「みなさん、ぼくは千葉県佐倉市の出身です。地元の宇佐美君とちがい、東北平成学園に入学するために仙台に来ました。けれども、ぼくは大学への通過点として、仙台での三年間を送るつもりはありません。現在、宮城県仙台市は〈東北の首都〉として発展をつづけています。青森まで開通した東北新幹線に乗って、東京からも、東北各県からも、多くのひとたちが仙台を訪れています。ぼくが暮らしている生徒寮にも、青森や岩手や秋田や山形や福島の出身者が大勢います。ですから、地元に根づくことはもちろん大切ですが、〈東北の首都〉仙台にある私立高校の雄として、ぼくは積極的に東北各県の高校と交流を深めていきたいと思います」

中本の声はよく通り、話のテンポも安定していた。顔を前にむけて、全身から情熱がほとばしるような話しぶりに、誰もが聴きいっていた。

もっとも、演説の内容はありきたりともいえた。宇佐美が地元密着なら、中本は外に目をむけるというちがいはあっても、どちらも上すべりであることにかわりはない。そう批判するおれはといえば、生徒会の活動に加わるつもりはないのだから、責任ある立場に就こうとする二人に文句を言える筋合いではなかった。

「ぼくらはみな、志望大学への合格をめざしながら三年間の高校生活を送ります。その意味では、誰にとっても東北平成学園は通過する場所なのでしょう。しかし二十年後、三十年後に、ここが自分たちにとっての母校だったと思えるように、仙台の街を故郷だと思えるように、積極的に活動していこうではありませんか。懸命に送る一日一日こそが、輝かしい未来を切り開く力になると、ぼくは信じています。ご清聴、ありがとうございました」

　中本が頭をさげると、一年生たちのあいだから拍手がおこった。おれも、演説の内容はともかく、弁舌の冴《さ》えに感心して拍手をおくった。

「いやあ、実に見事でした。きみとちがう学年でよかったよ」

　マイクを持った木村さんは中本をほめてから、そでにいた宇佐美をステージの中央に招いた。両腕にパイプ椅子を抱えた村木さんがあらわれて、広げた二つの椅子をむかい合わせにおき、中本と宇佐美にそれぞれマイクをわたした。

「中本君の演説は、実に立派でした。しかし、だからといって、まだ生徒会長が決まったわけではありません。ここからが、いよいよ本番の、東北平成学園名物のエンドレス討論会です。どちらかが、マイッタ、と言うまでつづきますので、みなさんは覚悟のほどを。立候補者の二人は、まだつづけるべきなのかどうかの見極めをまちがえないようにしつつ、存分に意見を闘わせてください。それでは、まずは宇佐美君から中本君に質問をしてみようか」

　しかし、気落ちした宇佐美は頭が働かないらしく、中本が先にマイクを口に当てた。

「宇佐美さんは、仙台市のどちらで育ったんですか？」

予想外の質問に、宇佐美は疑い深そうな目を中本にむけながら、小声で答えた。

「ぼくは、広瀬通《ひろせどおり》に面した本町《ほんちょう》です」

「それじゃあ、まさに仙台市のど真んなかですね。物心ついたころの仙台と、今の仙台では、ずいぶん様子がちがいますか？」

中本は、興味津々という調子できいたので、宇佐美も警戒心がとけたらしく、打って変わって明るい声で説明を始めた。

「ぼくが生まれたころには、今の街並みはほぼできあがっていたけれど、父が子どものころは本当に田舎町だったそうです」

「なるほど。失礼ですが、おとうさんは何年生まれですか？」

討論会ならぬ、宇佐美へのインタビューは十五分ほどつづいた。地元の人間にしかわからない情報がいくつも得られて有益だったが、もの足りなさはいなめなかった。

おれの感触では、ここまでは中本がややリードしていた。終始主導権を握りつづけて、仙台の地元話に持ちこんだのも、宇佐美に反撃の機会を与えないためだろう。登壇の仕方からして、考え抜かれたものにちがいなく、生徒会長選挙にかける中本のなりふりかまわぬ執念がうかがえた。

「話も尽きてきたようですが、宇佐美君から中本君にこれだけはきいておきたいという質問はありますか」

木村さんにうながされても、宇佐美は質問が浮かばないようだった。

すると、とつぜん七組のほうがざわついて、「えっ、マジかよ」「中本の親父って、そうだったの」といった声があがった。

「おい、そこ、無駄口をきくんじゃない」

木村さんが注意をしても、一年生たちは静まらなかった。それどころか、むこうの壁ぎわからこちらにむかってなにごとかが伝言されて、ざわめきが体育館中に広がった。

「いったい、なにをしゃべってるんだ。おい、七組の田村と村田。前に出てきて、伝言ゲームの内容を教えなさい」

木村さんに呼ばれて、田村と村田が立ちあがったとき、ようやく一組にも伝言が届いた。

「中本の父親は元国会議員で、汚職の疑いで大臣を降ろされた中本俊之《としゆき》なんだって。ほら、イケメンで有名だったけど、党を除名されたショックで自殺未遂をしたやつがいただろ。一命は取りとめたものの、意識不明の状態がつづいていた。それが、去年の十二月に亡くなって、今は親戚同士が遺産相続や選挙地盤の継承をめぐって争っているんだってさ」

おれに耳打ちしたのは一年二組の生徒だったが、おれはその生徒の名前を知らなかっせた。どこか得意げに話す相手をにらみ返すわけにもいかず、おれは小さくうなずいてみた。

中本大臣の汚職疑惑と更迭は、おれが中学一年生のときだから三年近く前になる。その後に政権を失う民自党末期の出来事で、中本議員が農林水産大臣に抜擢《ばってき》された直後に汚職が明るみに出たため、ニュースでも大きく取りあげられた。おれはあまり関心もなく、知っているのは中本大臣が当時の総理に叱責されて職を解かれたことくらいだった。

ステージのしたでは、木村さんと村木さん、それに村瀬先生をはじめとする七人の教師が田村と村田から話を聞いていた。ステージのうえでは、パイプ椅子にすわった中本が腕組みをして体育館の奥をにらんでいた。耳に届いた単語からでも、自分の父親についてのうわさが広まってしまったとわかったはずだ。

ただひとり蚊帳《かや》の外におかれた宇佐美は、フロアにいる友人に自分にも教えてくれというように目くばせをしていた。しかし、当の中本がすぐとなりにいるのでは、誰も教えに行けるはずがなかった。

「静かに、静かにしてください。おい、一年、今すぐ口を閉じろ！」

マイクを通して木村さんの大声が響きわたり、二百四十名あまりの一年生たちは一瞬で静まった。そこで村瀬先生が木村さんから受け取ったマイクを持ち、階段をのぼってステージに立った。

「一年一組担任の村瀬です。この場は教員が関わらないのが慣例ですが、木村君と村木君とも話し合い、一時的にぼくが指揮を執ります。諸君は自覚していないようですが、今この体育館でおこっているのは、非常に由々しき事態です。このあと、いくつか事実確認をするので、その場を動かず、無駄口もきかないように。それから、当然ですが、私立高校の校内であっても、日本国憲法をはじめとする法律は効力を有します。つまり、きみたちは自分に都合が悪いと思う内容については黙秘できる。そうした態度をとったことによって処罰されることもない。このことを伝えたうえで、まずは今のうわさを一番最初に口にした者と、彼からそれを聞いた者は、前に出てきなさい」

おれを含めたみんなの視線が七組にむけられると、最初にひとりが立ちあがり、つづいてそのまわりにいた五人も立ちあがった。

「よし。全員、前に出てきなさい」

村瀬先生に呼ばれて、六人がステージのほうにむかって歩きだした。さっきまでとは打って変わって、体育館は静まり返っていた。

「中本と宇佐美は、ステージのむこう端に行って、椅子にすわっていなさい。あとで呼ぶから」

村瀬先生に言われて二人は場所をうつった。しかし、すぐに村木さんがかけより、宇佐美だけをつれてきた。

ステージに残された中本は、パイプ椅子にすわって腕を組み、前方を見つめていた。中本の秘密を知って、おれは大きなショックを受けた。父親が亡くなったのは去年の十二月だというから、中本はまだ大きな喪失感を抱えているはずだ。しかし、そうしたそぶりはまるで見せず、生徒会長として活動していこうとする中本のタフさに、おれは頭がさがる思いだった。きっと、いつか政治家になって、父親の無念を晴らしてやろうと考えているにちがいない。

しかし、一度立ったうわさは簡単にはぬぐい去れない。中本がどれほどの怒りとむなしさにかられているだろうと思うと、おれはステージから目が離せなかった。

「一同、注目！」

木村さんが言って、おれはステージの端に視線をむけた。

「では、村瀬先生、お願いします」

「今、宇佐美を含めた七人から聞いた話を総合して、おおよそ判明したところを説明します。その前に、中本、こっちに来なさい」

村瀬先生は中本を呼ぶと、宇佐美だけを残して、ほかの六人の生徒をクラスの列にもどした。

「プライヴァシーに関わる問題なので、一年生諸君が耳にした中本の家族についてのうわさの真偽には言及しない。まず、うわさの出どころだが、千葉県出身の上級生から、部活動のときに聞いたそうだ。それをとなりの友人に漏らしてしまい、あとはきみたち自身がつい今し方したことだから、あえて説明するまでもないだろう。心ないうわさが人心をむしばむ力のおそろしさを目の当たりにして、ぼくは怒りのやり場に困っている。念のために断わっておくと、上級生から聞いた話を最初に漏らした者と宇佐美にはなんのつながりもない。けっして中本を貶《おとし》めるためにうわさを流したのではなく、それこそまさに気の迷いで、つい口に出してしまったそうだ。中本も、宇佐美が関わっていないことは納得してくれた」

村瀬先生の話を聞く中本は、まったくの無表情だった。視線を斜めうえにむけているのは、フロアにすわる同級生たちの顔を見たくないからだろう。

村瀬先生の説明で、今回の出来事に裏がないのはわかったが、だからといってこのまま選挙をつづけるのは難しい気がした。選挙演説と討論では中本が若干優勢だったが、宇佐美には地元の利がある。中本の父親についてのスキャンダルを知って、宇佐美に乗りかえる者もいるはずで、宇佐美が勝った場合は、うわさの流布が決め手になったことを否定できない。反対に、中本が勝っても、同情票が集まったのではとの疑問符がつく。いずれにしても、選挙はすっきりしないものになる。

「みなさん、今回の生徒会選挙は、まさに前代未聞の出来事にみまわれています。それでも、今日中に残りの二つのポスト、生徒会長と副会長を決めなくてはなりません」

木村さんはそう言って、さらにつづけた。

「選挙結果が効力を持つためには、有権者であるみなさんが、選挙は公正に行なわれたと認めなくてはなりません。しかし、残念なことに、このまま選挙をつづけて、宇佐美君か中本君のどちらが当選したとしても、みなさんの心のなかにはモヤモヤしたものが残るでしょう。そこで、今の時点でもう一度立候補者をつのります。新候補者があらわれたなら、彼をまじえた三人ないし四人、あるいはもっとかもしれませんが、その全員で選挙をやりなおします。もしも、あらたな立候補者があらわれないなら、先ほどの事件のあとでも宇佐美君と中本君への信頼はゆらがなかったものと見なして、二人に対する投票を行ないます。どうでしょう、なにか意見や異議のある人は発言してください」

なるほど、うまく考えたものだと、おれは感心した。おそらく誰も立候補しないだろうが、ひとつ手続きを踏むことで、きれいに仕切りなおしができる。

「意見がないようでしたら、ただ今の提案は承認されたと見なして、立候補者をつのります」

木村さんがステージ上からフロアを見わたして、誰も立候補しないのを確認しかけたとき、「はい」という声がした。ふり返ると、手をあげた菅野が起立していた。

「一年一組の菅野龍彦《たつひこ》です。立候補者がいないなら、推薦をしてはいけませんか。先ほどの提案により、あらたに候補者の枠が設定されたと考えて、立候補者がいない場合は推薦によるとの選挙規約を適用するのは、まちがいではないと思うのですが」

生徒手帳を見ながらの菅野の質問を受けて村瀬先生と二人の生徒会長はしばし額をつきあわせて話し合った。ほかの六人の担任は当惑した顔でなりゆきを見守っていた。

「解釈のしかたによると思うのですが、菅野君の言うことにも一理あります。どうでしょう、宇佐美君と中本君の同意が得られれば、推薦を認めるということで」

宇佐美と中本は推薦について承知したようだった。

「それでは、誰を推薦しますか？」

「一年一組の、高見陽介君です。生徒寮でも一緒で、信頼できるひとだと思います」

予想外の展開におどろいて、おれは事態がすぐには理解できなかった。第一、菅野はおれのどこを見て、信頼に値すると考えたのだろう？

さっぱりわからずにとまどっていると、生徒たちの視線がおれに集まった。

「一組の高見君、起立して」

木村さんに言われて、おれは立ちあがった。

「ほかに、推薦をしようというひとはいませんか？」

誰も手をあげないのを確認すると、木村さんはステージのうえからおれに話しかけた。

「この会の冒頭で申しあげたように、わが校の選挙規約では、推薦された者はそれを拒否できません。ですので、とつぜんですが、菅野君からの推薦により、高見君には五分間の選挙演説をしていただきます。その後、宇佐美君と中本君との三人での討論を経て、生徒会長を決める投票にうつりたいと思います。必要でしたら、気持ちの整理と演説の準備に数分待ちますが」

このままみんなの注目をあびていてはかえってあせりがつのりそうで、おれはステージの手前まで進み出た。すぐそこに中本と宇佐美と村瀬先生、それに一年生の担任たちがいるのはわかっていたが、おれは誰とも目を合わさなかった。

マイクを持った木村さんが階段をおりてきて、「できるかい？」ときいた。木村さんは、間近で見るといかにも頭が良さそうで、おれはその目にむかってうなずいた。

ステージにあがり、おれは演台の前に立った。水の入った紙コップが用意してあったが、飲もうとするとこぼしてしまいそうな気がした。

「一年一組の、高見陽介です。札幌市立栄北中学校の出身です」

札幌出身と自己紹介をすると、恵子おばさんが率いる魴鮄舎で暮らしていたときの気持ちがよみがえった。

おれは深く息を吸ってから、口をすぼめて息をはいた。息は目の前のマイクに勢いよく当たり、汽笛のような音が体育館に響いた。

「すみません。でも、なんだかいい音だった」

そうつぶやき、おれは体育館の奥の壁を見つめた。

中学校の卒業式の翌日に札幌を発ったとき、おれは父に会いたくてしかたがなかった。父は大手都市銀行の副支店長として、福岡で単身赴任生活を送っていた。ところが、前任地の新潟時代からの愛人がいて、父は彼女にマンションを買い与えるために顧客の金三千五百万円を横領した。その残金で株に投資をして利ざやで埋め合わせるつもりでいたが、リーマン・ショックによる暴落で甘いもくろみは吹き飛んだ。

忘れもしない二年前のゴールデンウィーク明けに、父は福岡で逮捕された。家と預金は銀行に差し押さえられて、母とおれは住む場所さえなくなった。父は罪を認めて、裁判の結果懲役二年の実刑判決が下された。

それでもなお、やさしくたのもしかった父は、おれにとってかけがえのない存在だった。なに不自由ない暮らしから児童養護施設へと環境が激変したにもかかわらず勉強をつづけたのも、父と母に心配をかけてはならないとの一心からだった。

東北平成学園高等学校の選抜クラスに合格したことはすぐに手紙で知らせたが、数ヵ月後に出所するはずの父を励ますためにも、おれは直接会って話をしたかった。

博多《はかた》駅に着いた翌朝、おれは父を担当してくれている古賀《こが》弁護士につきそわれて、福岡刑務所にむかった。高い塀に囲まれた空間は全体的に薄暗くて、おれは足がすくんだ。

刑務官に案内された面会室で待っていると、透明なついたてのむこうに父があらわれた。

無残な坊主頭と、見なれない衣服へのとまどいが先に立ち、おれは顔をそむけずにいるのが精一杯だった。

「大きくなったな」

父は小さな声で言い、おれにむかって頭をさげた。

「いろいろ、すまなかった」

「おれ、札幌で、いい友だちがたくさんできて、恵子おばさんにも助けられて、最初はどうなることかと思ったけど、鲂鮄舎で一緒の卓也とか、クラスメイトの吉見《よしみ》とか、みんないいやつで、おれもつられてがんばったんだよ」

流れだしたことばを止められず、おれは札幌ですごした二年間について話した。

「おれ、おととしの夏、おとうさんに手紙を書いただろ。あのあとはぜんぜん手紙を送らなかったけど、おれは毎日おとうさんとおかあさんのことを考えていた。朝霞の家にいたときは、家族がいるのが当たり前だったけど、そうじゃなくなってさ。もちろん、頭にきたけど、本当にはおとうさんを恨めなかった。どうして恨めないのかって一生懸命考えてさ。理由は、どうとでもつけられるんだよね。でも、とにかく、おれは高校に合格して、無事に中学校を卒業したら、それを真っ先におとうさんに報告に行こうと決めて、札幌でずっとがんばって勉強したんだ」

誰にも言わずにいた気持ちを打ちあけて涙をぬぐうと、父は顔をうつむかせていた。

「おとうさん、聞いてるの？」

「すまん。途中までは聞いていたんだが」

弁解する父を見て、おれは自分が思いちがいをしていたことがわかった。

父は父なりに、妻と息子に迷惑をかけたと反省しているが、やはり自分の人生を台無しにしてしまったことのほうがショックなのだ。いや、そうではなくて、父は自分の浅はかな行為で苦労をかけた息子に対面することに耐えられないのだ。

「あと一分です」

刑務官の声がして、おれは面会室の椅子から立ちあがった。

「今度会うときは外でだね。おかあさんは、おとうさんが釈放されたあとも丸一年は会わないって妙な意地を張ってるけど、おれはかまわないから、気がむいたら連絡してよ。話したいことはたくさんあるんだけど、それはまたいつか」

自分のことばにうそを感じながら、おれは父に別れの挨拶をした。

いくつもの感情が胸をよぎり、おれは体育館のフロアにすわる同級生たちを見つめた。周君は思いのほか真剣な顔をおれにむけていた。菅野はスマンというように両手を顔の前で合わせていた。

現実に引きもどされて、おれは演台に両手をのせた。

「あまりにとつぜんだったので、少しぼんやりしてしまいました。でも、みなさんだって、思いもよらない展開におどろいているのではないかと思います。ぼくは生徒寮で暮らしています。中本君も菅野君も一緒です。クラスも同じなので、中本君のことはけっこう知っています。ただ、さっきのうわさについてはなにも知りませんでした」

そこで、おれは中本に目をむけた。ステージに近いほうから木村さん、村木さん、村瀬先生、中本に宇佐美という順で壁ぎわに並んでいて、中本はもう無表情ではなかった。

「中本君は、ぼくがこれまで出会った友だちのなかでは一番のイケメンです。頭の回転も速くて、口も達者です。あのまま挙手にうつっていたら、かなりの票を集めたのではないでしょうか。このあと、みなさんはわれわれ三人のうちで誰が生徒会長にふさわしいかを判断されるわけですが、父親に関するうわさによって、中本君の評価をさげることはしないでもらいたい。それだけはやめてほしいんです」

おれは頭をさげたあとに、紙コップの水を口にふくんだ。ステージにのぼってからは、一人称が「ぼく」になってしまったが、気持ちのなかでは「おれ」のままだった。

それでは、おれはこのあとどうするべきなのか？

答えはわかっていたが、踏み切るのにはもう少し助走が必要だと思い、おれはまた話しだした。

「村瀬先生は、中本君についてのうわさが広まったことを、由々しき事態だと言われました。ぼくもそのとおりだと思います。しかし、うわさは実にすごい速さで広まったわけで、そこにはそれなりの理由があるはずです。ぼくたちはまだ高校一年生で、みんなも自分が両親から大きな影響を受けているとわかっているのではないでしょうか。だからこそ、中本君の父親についてのうわさが、中本君自身の人間性と深い関わりがあるように思ったのではないか」

強い鼓動が胸を打ち、おれは踏み切るときが来たことがわかった。

「生徒会選挙と関係ないことばかり話してしまい、すみません。ぼくがみなさんに訴えたいのは、中本君から伝わってくる気迫です。自分を、自分の望む姿に創りあげていこうとする中本君の迫力に、ぼくは日々圧倒されています。そして、その意欲を親がらみのうわさによって削《そ》いではならないと思っています。なぜこの問題にこだわるのかと言うと、ぼくの父は懲役二年の判決を受けて、現在も服役中だからです。銀行員でありながら、顧客からあずかった三千五百万円ものお金を横領して愛人に貢ぐという、弁解の余地のない犯罪によって、ぼくの家族はおととしの五月に一家離散に追いこまれました。先ほど、札幌の中学校を卒業したと言いましたが、そのときは児童養護施設から学校に通っていました。札幌の施設に入るまでは、埼玉県の朝霞市にいました。札幌に移った理由や、魴鮄舎という中学生ばかり十四人が暮らす施設の運営者である恵子おばさんのことを話すとキリがないので、そこは端折《はしょ》ります」

「端折ります」と言ったとたん、ムッとした顔の恵子おばさんが目の前にあらわれて、おれは息をのんだ。

「恵子おばさんというのは、ぼくの母の実姉で、本当にとてつもないひとです。今も、名前を出しただけで背筋が伸びた」

そう言うと、体育館のフロアにすわる一年生たちまで姿勢を正した。

「時間もないので、つづけます。そうした境遇を言いわけにして、ぼくは仙台に来てから守りに入っていました。勘の鋭い中本は、なにかを感じて、ぼくにいろいろチョッカイを出してきたのですが、それも無視して、まずは大学受験にむけての態勢づくりに必死でした。しかし、思いがけないことから、このような場に引き出されて、おれは自分の臆病さがよくわかった。中本のおかげというと僭越《せんえつ》だけど、おれも中本にならって、あるべき自分の姿にむけて挑んでいこうと思う。ただ、生徒会は『我こそは』と思っている人が力を傾けるべき場所だと思うので、やっぱり中本と宇佐美が協力して運営していくのがいいと思う。副会長に立候補しようとしているひとには申しわけないけど、ツイン体制というか、ふたりで生徒会長と副会長を兼務するのはどうだろう。すみません、勝手を言って。おまけに、興奮して話しているうちに、ことばづかいがめちゃくちゃになってしまった。ええと、もう五分になりますよね。それでは、おれの、いや、ぼくの演説は終わりです」

軽く頭をさげて、小走りで演台を離れると、どこからともなく拍手がおこり、ステージのしたにいた村瀬先生がおれを迎えてくれた。汗がいっぺんに噴き出してきて、足までふるえだし、おれは村瀬先生にすがりついた。

「みなさん、ぼくは感激しています。詳しい事情はわかりませんが、高見君の気持ちは痛いほど伝わってきました。それで、ここはもう、細かい手続きは抜きにして、一気に話を決めましょう。ぼくも、高見君が言ったように、宇佐美君と中本君が正副の生徒会長を兼務していくのが最善だと思います。お二人は、どうでしょう？　ほら、ぐずぐずしないでステージにあがって」

興奮ぎみの木村さんにうながされて、宇佐美と中本がステージの中央に並んだ。それからはとんとん拍子に話が進み、特例として二人が会長であり、副会長でもあるということで決着がついた。

午後四時が近く、体育館から出て行く生徒たちはみんな疲れきっているように見えた。おれも早く寮に帰ってベッドに寝ころびたかったが、木村さんに引きとめられてステージの脇に残された。中本と宇佐美は、二年生生徒会長の村木さんにつれられて生徒会室を見学しに行っていた。

「ぼくがお礼を言うのは筋ちがいだけど、おかげで助かったよ」

木村さんに肩をたたかれて、おれは恐縮して頭をさげた。村瀬先生は歯を喰《く》いしばった顔で、おれの胸にむかって拳骨《げんこつ》を突き出した。そこでようやく、おれは自分がまちがったことをしたのではないとわかった。

「なあ高見、きみがさっき名前を出した恵子おばさんっていうのは、どういうひとなんだ」

生徒寮まで一緒に帰る途中に村瀬先生がたずねてきた。

「おれのおばさんです。母の姉で、最高にタフなひとです。言うなれば、無敵の女」

とっさに口をついて出たことばだったが、まさに言いえて妙で、小柄なくせに迫力満点のおばさんの姿がふたたびおれの目の前にあらわれた。

「無敵の女か。高見がそこまで言うからには、よほどのひとなんだろう。一度会ってみたいが、自分の情けなさを思い知らされそうで怖いな」

弱気なことを言いながらも、村瀬先生は本気でおばさんに会ってみたそうだった。

生徒寮に着いて、二階にある自分の部屋に入るなり、おれはベッドに倒れこんだ。目をつむると、そのまま眠りに引きこまれた。

目をさましたときには、窓の外は真っ暗だった。腕時計を見ると、針は九時半をさしていた。晩ごはんを食べそこなったと思いながら起きあがり、おれは部屋の灯《あか》りをつけた。ドアのところに封筒が二通あって、どうやら下のすきまから差しこんだらしい。

どちらの封筒にも差出人の名前はなかった。白い封筒は封が閉じられていて、A4サイズのクラフト封筒のほうは開いたままだったので、そちらから見ることにした。

ベッドに腰かけて中身を取り出すと、レポート用紙と便箋が入っていた。罫線《けいせん》の入ったレポート用紙には、学生服を着た男子生徒の上半身が描かれていて、右下には、T. Suganoというサインと日付があった。

便箋には、万年筆でつぎの文章が書かれていた。

〈今日はスマン。お詫《わ》びにならないけれど、とっさにスケッチした絵を届けます。ステージにあがったひとのなかで、唯一描きたいと思った姿でした。絵描き（を志す者）の傲慢を許してください。〉

追伸として、村瀬先生にお願いして、おれのぶんの晩ごはんをとっておいてもらってあるので、あとで舎監室に行くようにと書いてあった。

ふたたびレポート用紙に目をうつすと、4Bか5Bくらいの太めの鉛筆でおれらしい男子生徒の輪郭がとらえられていた。口を開いて話している顔はたしかにおれだったが、それは菅野によって描かれたおれであって、おれが意識しているおれの姿とはどこかちがっていた。

おれは、この絵を波子さんに見せたいと思った。どんな状況で、なにを話している姿なのかを説明すれば、きっと仲直りできるはずだ。

母や恵子おばさんや卓也は、この絵を見たらどう思うだろう。それから、いつか父にも見てもらいたいと思ううちに、「あるべき自分の姿」ということばが頭に浮かんだ。

体育館のステージで演説しながら思いついたことばだが、「あるべき自分の姿」とは、自分で見つけるものではなくて、おれのそばにいるひとたちが見つけてくれるものなのではないだろうか。

そこまで考えたところで、おれは白い封筒を開けた。こちらには便箋だけが入っていた。

〈今日は、高見に助けられた。本当にありがとう。この借りは、いつか必ず返す。〉

中本からの短い手紙を読み終えると、おれはベッドに寝ころんだ。

「この借りは、いつか必ず返すって、なんだよなあ」

中本の、右肩あがりのくせのある筆跡を眺めながら、おれはようやく高校生活が始まった気がした。そこで空腹に耐えきれなくなったおなかが鳴りだして、おれは中本や菅野がワンダーランドでダべっていることを願いながら部屋を出た。

4

「もう五時半か。それじゃあ、ここでおひらきにしましょう。ぼくが、そこまで送ります」

　中本が腰を浮かせると、槙野《まきの》さんをはじめとする台原女子学園の生徒五人も立ちあがり、ワンダーランドの畳からおりてスリッパをはいた。紺色のベストに紺色のスカートというオーソドックスな夏用の制服で、ブラウスと靴下は白だった。

「高見さん、さようなら。つぎに会えるのは、夏休みの終わりだから、一ヵ月も先ですね」

　湯元《ゆもと》さんに挨拶をされて、おれは畳にすわったまま会釈をした。

「そのときは、北海道の話を聞かせてください」

「ああ、うん、時間があったら」

　おれの煮え切らない返事にも、湯元さんはとびっきりの笑顔を見せた。

「わたしは函館《はこだて》にしか行ったことがないんですけど、北海道にとても憧れてるんです」

　そのままくるりとターンをしたので、湯元さんのスカートの裾がきれいに広がった。

「ねえ、美咲《みさき》。ちょっと待ってよ」

　先に行ってしまった槙野さんたちを追いかけて走るフォームはなかなか本格的で、おれは湯元さんのうしろ姿にひきつけられた。

「陽介さんは、スケベですな」

　菅野に図星を指されて、おれはあわてて湯元さんから視線をはずした。

「恥ずかしがることはないさ。本当にいい走りっぷりだったもんな。感じのいい子だし、そのうち二人だけで会えばいいよ」

おれが黙っていると、菅野が手に持っていた小型のスケッチブックを差し出した。そこにはスカートをひらめかせて走る湯元さんのうしろ姿が描かれていた。

まさに早業で、ほんのちょっとしたスケッチなのに、湯元さんの気持ちまで伝わってくるようだった。

「ご希望とあれば、進呈しますよ。ぼくのサインと日付も入れて」

「いいよ」

「そう」

菅野はあっさり引きさがると、スケッチブックを閉じて布製のカバンにしまった。

そこに中本がもどってきたので、おれたち三人はちゃぶ台を囲んだ。

「やっぱり、台原女子の子たちは熱心だよな。学校もすぐ近くだし、ほかの高校にはポスターを貼らせてもらうくらいにしておこう」

中本の意見に、おれたちも賛成した。

中本が宇佐美と共に一年生の生徒会長になると、なかば自動的に菅野とおれも学園祭の実行委員会に入れられた。柔道部の宇佐美が体育会系の部活をとりまとめて、文化部系は弁論部の中本が仕切る。ただし、生徒会室は狭いので、文化部系の打ち合わせは生徒寮のワンダーランドでするのが恒例になっていた。

せっかくだし、仙台市内の女子高と連携しようと言い出したのは菅野だった。まずは近くからと、台原森林公園の東側にある台原女子学園の生徒会を訪ねたところ、一年生の役員五人を紹介された。

一年生同士なので、今年はおたがいの学園祭を見学しあい、来年度に合同で企画を考えようということになった。

「それはそうと、さっき美咲から、高見に彼女はいるのかってきかれてさ」

中本が言って、横目でおれを見た。

中本と槙野さんは知り合ってすぐにつきあいだしていた。美男美女のカップルで、傍《はた》目《め》にもそうなるのが当然といった組み合わせだった。

「湯元さんから、きいてほしいって頼まれたって」

「なんて答えたわけ？」

菅野は中本にたずねながら、おれに目くばせをした。

「高見に自分で答えさせると言っておいた。ゴールデンウィーク前には、つきあっていた彼女と別れたばかりだなんて言ってたけど、その後の話じゃあ、完全に終わったわけでもなさそうだからな。無用な期待を抱かせて、湯元さんを悲しませるわけにはいかん」

中本に横目でにらまれて、おれは目をそらした。

「それはともかく、高見は、札幌からは何日ごろにもどるんだ？」

「お盆明けの、八月十六日か、十七日かな。北海道の学校は、二学期が始まるのが早いんだ」

「そうか。それじゃあ、おれも十七日に合わせよう。原稿は集まってるから、一週間あればパンフレットはつくれるし、二、三年生たちから急に仕事を押しつけられても、どうにかなるだろう」

東北平成学園高等学校の学園祭は九月の第二週の土日に行なわれる。昨年は学外からの来場者が初めて四千人に到達して、三年生生徒会長にして学園祭実行委員長の木村さんは五千人の大台突破を今年の目標に掲げていた。

「菅野、オープニングイベントの準備は大丈夫なんだろうな。一年生の生徒会が仕切るんだから、失敗は許されないぞ」

中本の心配をよそに、菅野は余裕の表情だった。

「準備といっても、材料を買うくらいだからね。あとは、当日のみんなのやる気しだいさ」

菅野の企画内容はおれたちにも明かされていなかった。学園祭の前夜祭で発表されて、その場で十二人の参加者をつのる。菅野以外にイベントの内容を知っているのは村瀬先生だけで、それはおもしろいと一発でＯＫが出たという。

「それにしても、あっというまの一学期だったな」

中本が言って、おれたち三人は顔を見合わせた。

午前中に終業式があり、村瀬先生から通知表をわたされた。おれの席次は二番だった。

一番は周君で、中本は五番だが、生徒会の仕事に追われているため、自分でも不満はないらしい。菅野は二十番で、選抜クラスのなかで最下位でなかったことにおどろいていた。

「おれは明日の朝、佐倉に帰省して、親戚やら、後援会のおっさんたちから、もうけ話や泣き落としをいやというほど聞かされて、金をせびられるのに片っ端から首を横にふる毎日だ。学園祭での周との対局にむけて、作戦を練りながらテキトーに相手をしていないと、頭がおかしくなりかねん」

中本が自分から家庭の事情を話すのは初めてだった。元国会議員で、農林水産大臣にまで昇りつめた亡父が遺した財産や権益をねらって、一癖も二癖もある連中がすりよってくるのだろう。

「よし、おれは部屋にもどるぞ。いろいろいそがしくて、まだ荷造りをしていないんだ」

急いで帰ろうとする中本を菅野が呼びとめた。

「会長、こちらはセルフサービスとなっておりますので、使ったコップはご自分でお片づけください」

中本は頭をかきながらちゃぶ台のコップを給湯室にはこんだ。

翌朝、おれは菅野と二人で朝ごはんを食べた。いつも中本を加えた三人でいるので、二人というのは不思議な感じだった。

たいていは中本が話題をふってきて、しかも自分が先に答えてというひとり漫才を聞かされる。話題が豊富だし、気がきいているので飽きないが、うるさくないこともない。たまには静かに食べたいと思っていたので、おれはぼんやりしながらパンを口にはこんだ。

菅野は七月中は仙台にいて、三山さんの画塾で油絵の制作に励むという。村瀬先生は昨夜の便で成田《なりた》を発ったが、行き先はブラジルなので、まだ空のうえだろう。目的は、移民としてブラジルにわたった日本人と、かの地で生まれた日系人たちがつくった短歌の研究で、先生のライフワークだとのことだった。

「先生、短歌の研究なんて二の次にして、むこうでいいひとを見つけて、つれてきちゃいなよ」

終業式のあとで中本にひやかされると、村瀬先生は顔を赤くした。

「純情にもほどがあるなあ。サンバカーニバルなんか見たら、気を失っちゃうんじゃないの」

追い討ちをくらっても反撃できず、村瀬先生は出席簿を脇に抱えると、挨拶もそこそこに教室から出て行った。

おれは明日の朝早くに仙台を発って札幌にむかい、夏休みのあいだ鮎舗舎の中学生たちに勉強を教えることになっていた。恵子おばさんからの依頼で、往復の交通費と滞在中の食事のほかに、バイト代として一日三百円が支給される。すずめの涙ほどでも、ひとをただでは使わないのがいかにもおばさんらしかった。

岩見沢《いわみざわ》の農業高校に進んだありさと奈津も手伝いに来るというし、勝をはじめ後輩たちに会うのも楽しみだった。去年の秋に、鮎舗舎に転がりこんできた美江《よしえ》ちゃんと聡子《さとこ》ちゃんは元気だろうか？

卓也は合宿や遠征試合があって、札幌には来られないという。しかし、それは活躍している証拠なのだし、離れていても卓也とはいつも一緒にいるような気がしていた。

「なんだか、いやにうれしそうだなあ。きのうまでとは別人みたいだぜ」

菅野にからかわれて、おれは今の自分の顔を鏡で見てみたい気がした。

「そうだよ、湯元さんとつきあえばいいさ」

菅野のかんちがいに、どう応じればいいのか困っていると、「高見陽介君は、いますか?」と声がした。

「はい」

立ちあがって答えると、夏休みの前半、村瀬先生にかわって舎監をつとめる一年五組担任の本多《ほんだ》先生がテーブルまで来て、封筒を差し出した。

「きみ宛の速達簡易書留だ。受領印はぼくが捺《お》した。たしかにわたしたからね」

見なれない筆跡で書かれた自分の名前を一瞥《いちべつ》してから封筒を裏返すと、福岡の古賀弁護士からだった。

そう認めるなり、おれはなにも考えられなくなった。頭の奥では来るべきものが来たとわかっていたが、それが意識にのぼるのを、おれの全身が拒んでいた。

「高見、どうした? 顔が青いぞ」

菅野にきかれたが、おれは返事ができなかった。

おそらく、父が釈放されたのだ。それ以外に、古賀弁護士から急ぎの手紙が送られてくる理由はない。

そのままテーブルを離れて、おれは食堂を出た。食器の片づけをしていないことや、一階のホールを歩いている途中で菅野が追いついたことにも気づいていたが、おれは足早に階段をのぼり、カードキーで部屋のドアを開けた。

「おい、高見。高見陽介」

菅野に肩をゆすぶられて、おれはようやく顔をあげた。

「どうした、なにがあった？　まだ封筒を開けてもいないのに」

心底からの心配にも、おれの口は動かなかった。

「誰か、亡くなったのか？」

おれは首を横にふり、菅野を部屋に招き入れた。ドアを閉めてからベッドに目をやると、菅野が察して腰をおろした。

「手紙は、福岡の弁護士から。たぶん、父が釈放されたんだと思う。懲役二年だから、そろそろかとは思っていたけど」

裁判での検察側の求刑は懲役五年だった。大手都市銀行の副支店長という要職にありながらの犯行で情状酌量の余地はなく、ほぼ求刑どおりの判決が予想された。

それをくつがえしたのは母だった。横領した金を愛人に貢ぐという、妻としてはこれ以上ない屈辱をこうむったにもかかわらず、母は離婚を選択しなかった。しかも、夫の更生を助けたいと公判の場でみずから意見を述べて、その熱意が裁判長を動かした。

父も予想外に軽い判決におどろき、裁判長から、「奥様に感謝して深く反省するように」と諭されると、目に涙を浮かべていたという。おれも母の奮闘が実ったと知ったときは、母と抱き合ってよろこんだ。

しかし、そうした興奮もいつしか冷めて、母もおれも父によってもたらされた負担と正面からむきあわざるをえなくなった。それでもおれは、父への変わらぬ思いを抱きつづけたが、三月末の刑務所での面会で大きな失望を味わわされた。

すでに何度も面会をしていた母が、仮釈放されても最低一年間は父と会わず、まずは世間の厳しさを身をもって知ってもらいたいと言っていた意味がようやくわかった。それどころか、おれは父に一生刑務所に入っていてもらいたいとさえ思った。

「なあ、高見。まずは手紙を読んでみたほうがいいんじゃないか？」

菅野にすすめられて、おれはハサミで封を切った。便箋を広げると、青いインクで書かれた達筆な文字がたてに並んでいた。

〈前略　仙台での高校生活を順調におくられていることと思います。さて、さる七月十三日に、貴君の父高見伸和《のぶかず》氏は懲役二年の刑期満了を前に、福岡刑務所から仮釈放されました。その日のうちに、身元引受人が理事長をつとめる群馬県内の高齢者介護施設にむかい、住みこみの職員として働きはじめました。心を入れかえて、身を粉にしてがんばると申していましたので、どうか温かく見守ってくださいますよう、よろしくお願い申しあげる次第です。〉

古賀弁護士によれば、六月中に仮釈放にむけた手続きに入ることが決まり、父は釈放後の社会復帰にむけてカウンセリングを受けたり、職業訓練に取り組んでいた。

その段階で、古賀弁護士は母に釈放までのタイムスケジュールを伝えた。そして母と相談のうえで、おれには一学期を終えたところで連絡することにしたのだという。

つまり、父は一週間以上も前に釈放されていたわけだ。しかも、仙台からさして遠くない群馬県内で働いている。

父は自分で群馬に行くことを希望したのだろうか？　それとも、そこ以外に引き受けてくれる職場がなかったのだろうか？

あとのほうだという気がしたのは、刑務所の面会室での情けない姿をまざまざとおぼえていたからだ。あれほどの醜態をさらしておいて、自分から妻や息子のそばに来られるはずがない。

おれは便箋をしまった封筒を机に放り投げた。

「どうだった？　おとうさん、釈放されたのか？」

菅野にきかれて、「十三日に仮釈放されたって」と答えたきり、おれは顔をあげられなかった。

父も情けないが、父の釈放をよろこべない自分がどうしようもなく情けなかった。菅野がそこにいるとわかっていても、おれは流れる涙をおさえられなかった。

「波子さんとも、父のことでケンカをしたんだ」

「波子さん？　三月に別れた子か」

「そう、和田波子さん」と、おれはつぶやいた。

「波子さんと会うのは一年半ぶりだった。中二の夏に奄美大島《あまみおおしま》で初めて会って、そのあとに東京でも会って、おれは波子さんにすすめられて、刑務所にいる父に手紙を書いたんだ。父が逮捕されたことに対する怒りや、これまでの暮らしがめちゃめちゃにされたやりきれなさを文章にできて、おれはずいぶん救われた。札幌の鲂鮄舎にもどってから、東京にいる波子さんと文通が始まった。波子さんは筆まめで、毎週一通は手紙が来て、一年半で八十通を超えた」

「それは、すごいな」

菅野に感心されて、おれは息をついだ。

「おれからは三十通くらいかな。そんなに書くこともないから、途中からはへたなスケッチをつけてごまかしたりもした。面倒くさかったけど、楽しかった。波子さんは厄介な事情を全部知ったうえで、おれを好きでいてくれた」

菅野はじっとおれを見ていた。

「でも、なにも伝わっていなかったんだ。おれが本当はどんな気持ちでいたのかなんて、波子さんはわかっていなかった。面会室での父を見たら、誰だって、こんなやつは一生刑務所に入っていればいいと思うに決まってる。そう言ったら、波子さんは、おれにむかって情けないって言ってね。おとうさんを信じて、これからの人生に期待してあげるべきだなんてきれいごとを言ってさ。おれの言い方が悪かったんだろうけど、おれがまちがっているとは言ってほしくなかった」

今なら、波子さんが正しかったとわかる。でも、面会してからまだ三日しかたってい
なかったせいで、おれは父に対して猛烈に怒っていた。

「それで、思わず怒鳴ったんだ、おれにかまうなって。二度とおれとおれの家族にかま
うなって。父親がくずだっていうのが、どんなに情けないことか、おまえなんかにわか
るはずがないって」

波子さんとおれが言い合いをしたのは彼女の住む小金井《こがねい》の駅のホームでだった。少し
でも長く一緒にいたいからと、中野《なかの》駅近くのウィークリーマンションまで迎えにきてく
れた波子さんと電車のなかで話すうちにおれはいらだちをつのらせた。

せっかく波子さんとその家族がおれの高校入学を祝ってくれるというのに、おれはむ
かいのホームに入ってきた電車に飛び乗って中野駅にもどった。そして、そのまま荷造
りをして、東京駅のバスターミナルから仙台行きの長距離バスに乗った。母には、バス
のなかからメールを打った。すぐに返信があったが、おれは母のメールを読まなかった。
波子さんにも母にも、とんでもない不義理をしているとわかっていたが、おれは自分
をおさえられなかった。福岡に行って父に会ったりしなければよかったと、本気で後悔
していた。

でも、刑務所にいる父の姿を知らないままだったら、それはそれでかんちがいが生じ

ていただろう。

いずれにしても、波子さんは悪くない。悪いのは、父とおれだ。

仙台に着いてから、母には連絡をしたが、おれは今日まで波子さんに手紙もメールも送っていなかった。

「和田波子さんか。一度会ってみたいけどね」

菅野のことばには親身な響きがあった。

波子さんのおとうさんは以前、奄美大島に獣医として単身赴任していた。北大卒で、在学中は恵子おばさんが出演していた芝居で音響スタッフをしていたこともある。おれたちが奄美大島に行ったのは鲂鮄舎の夏合宿でだったことも菅野に教えようかと思ったが、おれは深呼吸をして胸のわななきをしずめるのが精一杯だった。

「ところでさあ」

とつぜん菅野が明るい声で言った。

「おれはこのあと三山さんのアトリエに行くんだけど、高見も一緒に来いよ」

意外な誘いにおどろいて、おれは返事ができなかった。

「十時半にワンダーランドの前な。用意とかは、いらないから」

そう言い残すと、菅野はドアを開けて出て行った。

菅野の師匠である三山新三《しんぞう》氏のアトリエは太白《たいはく》区にあった。自宅に隣接した建物で、天井と四方の壁に大中小の窓がいくつもついている。菅野によると、絵は自然光のもとで描くのが最良であるために、こうした特殊な造りになっているのだという。

生徒寮から地下鉄とバスを乗りついで小一時間かかり、途中で昼ごはんも食べたので、菅野とおれが太白のアトリエに着いたときには十二時半をまわっていた。

すでに三十人ほどが集まっていて、半分は六十歳前後のおじさんたちだった。四、五十歳のおばさんが七、八人に、三十歳前後の女の人も四、五人いた。美大生っぽい若者も二人いて、菅野とおれが一番若かった。

三山さんは小柄でしょぼくれたおじさんだが、目だけが異様な光をたたえていた。

アトリエの中央には高さ五十センチほどの台があり、それを参加者たちのイーゼルが囲んでいる。台のうえにはまだなにもおかれていなかった。

三山さんと話していた菅野がもどってきて、今日はなにを描くのかきこうとしたとき、奥のドアが開いて全裸の女性が入ってきた。

ショートヘアのきれいなひとで、裸を隠そうとせず、ふつうに歩いてくる。台の手前でスリッパを脱ぎ、ぴょんと跳ねてうえにあがった。

そんなに若いひとではない。三十歳はすぎているだろう。少し垂れているが大きな胸で、長い脚をぴんと伸ばして台のうえに立った。

おれは本物のヌードを見ている。このひとが、おれが初めて裸を見た女のひとなのだ。動揺をおさえようと、自分が直面している事態を確認していると、菅野から画板と鉛筆とパイプ椅子をわたされた。てっきり見学するだけだと思っていたのに、菅野はそしらぬ顔でおれから離れて、自分の準備にかかっている。

視線を中央の台にもどすと、三山さんがモデルの女性にポーズをつけていた。おれはイーゼルを立てたひとたちの外側を歩いて、女性の背後にまわった。

「では、始めます。三十分ワンポーズで、最初は一時十五分までです。三十分間の休憩をはさんで、二回めを始めるので、そのつもりでお願いします」

モデルの女性は台に敷かれた布にすわり、脚をたらして、心持ち上体をひねったポーズをとっていた。ほとんどのひとが前方から描こうとしていたが、おれは背中側にいることにした。胸を見るのが恥ずかしかったし、女性の顔を描く自信がなかった。それでも、そばに誰もいないのをいいことに、おれはモデルの女性から二メートルほどの場所でパイプ椅子を広げた。

魴鮄舎では、卓也が雑誌のグラビアを見せびらかしては、おれたちの下半身の反応をチェックしていた。おれも卓也のやんちゃにかこつけて水着や裸の写真を見ていたが、実際の裸体から受ける感じは、写真とはずいぶんちがっていた。

肌にはそばかすがあるし、骨や関節のでっぱりでけっこうデコボコしている。きれいだと思ったのは背骨のラインで、首のうしろからおしりまで、なめらかな曲線がつづいている。上体をひねっているため、わき腹にしわがよっているところにも、おれは惹《ひ》きつけられた。

すぐそこにあるからだをさわりたい。でも、それはしてはならないという葛藤のなかにいる自分がひたすら恥ずかしかった。

「時間はあるから、たっぷり見てから描いてごらん。鉛筆の線で、からだの輪郭をなぞるだけでいいから」

いつのまにかそばに来ていた三山さんに小声でアドバイスをされて、おれは左手で画板を支えた。そして右手に持った鉛筆で、女性のうしろ姿を写していった。

まずは頭を楕円形《だえんけい》で描き、つづいて首から肩、背中からおしりへと、からだのラインをなぞっていく。脚を描かなくていいので助かるが、腕がむずかしい。どう描いていいかわからずに困っていると、三山さんがおれの右手に自分の右手をそえた。そして、紙にむかって鉛筆を動かすと女性の腕があらわれた。

「これを手本にして、もう一枚描いてごらん。きみは筋がいい。肉体の量感がきちんととらえられているし、バランスもとれている。もっと自信を持つんだ。数を描いているうちに線が生きてきたら、人前に出して恥ずかしくない絵になるよ」

思いがけない賛辞を受けて、おれは目の前にいる女性の姿を写しとろうと懸命になった。やはりむずかしいのは腕で、台に突いている左腕が最後に残った。

「モデルからいったん目を離して、自分が描いた女性をよく見てごらん」

耳元でささやかれて、おれは画用紙を見つめた。そこには、ひとりの女性が背中をむけてすわっていた。

おしりには弾力と安定感があり、からだの重みを受けとめている。だから、台に片手を突いているといっても、肩や背中の筋肉はゆったりしている。なるほどそうかと思うと自然に鉛筆が動き、女性の左腕があらわれた。

「うん。よくがんばった。サインと日付をいれておきなさい」

三山さんに言われて、少し考えてから、おれはローマ字で Yosuke. T とサインをした。最後に日付を入れると、おれはパイプ椅子の背もたれに寄りかかった。

絵を描くことがこんなに体力と気力を消耗させるとは思わなかったし、裸の女性を間近に見て、取り乱さずにすんだことがうれしかった。

「さあ、あと五分で三十分になりますからね。そろそろ仕上げにかかってください」

三山さんのことばを聞き、そんなに時間がたっていたのかと、おれはおどろいた。

立ちあがって菅野を探すと、モデルにむかって右斜めの角度から描いている。視線をせわしなく上下させながら木炭を動かしていて、いつになく表情がけわしかった。

「はい、時間です。モデルの方に感謝を」

三山さんのことばに全員が拍手をした。モデルの女性は立ちあがり、裸のままお辞儀をした。女性が退出すると、アトリエの空気がいっぺんにゆるんだ。

みんなおたがいの絵を見て感想を言いあい、そのあいだを三山さんが見てまわってコメントをしている。菅野のところでは、木炭で絵に手を入れていて、なにをどう直しているのか見たかったが、ひやかし半分でのぞいてはいけない気がした。

「高見君、ちょっと」

三山さんに呼ばれて、おれは菅野のところにいった。

「きみが描いた絵を見せてごらん」

画板ごと差し出すと、三山さんは菅野におれの絵をむけた。

「おもしろいだろう。高見君の線には、裸の女性に対する恥ずかしさや憧れや自制心や動揺が見事にあらわれている。うしろむきだっていうのがよかったんだろうな」

そこで三山さんはまわりに参加者たちが集まってきていることに気づき、これまでよりも大きな声で話しだした。

「いいですか、テクニックはたいせつです。しかし、その日、そのときのモデルさんに対してわきおこる感情があってこそのテクニックです。スケベ心、おおいにけっこう。くびれたウエストへの羨望《せんぼう》もおおいにけっこう。若さへのねたみも、若さへの侮りもおおいにけっこう。あと十分ほどで、さっきの女性がまたもどってみえますが、みなさんまずはモデルさんをもっとよく見てください。観察するのではなく、ひとりの女性として、彼女の存在を感じながら描いてください。そうしたみなさんの視線を受けることで、モデルさんの表情や肉体にもいい変化があらわれるはずです。スタイルがいいだけでは絵画モデルはつとまらないし、そうした方はお呼びしていないつもりです。この絵を描いた高見君は菅野君の同級生で、美術部員でもなく、こうした場に参加したのは初めてだそうです。なかなか筋がいいし、なにより心の動きがすなおです。おかげで、ぼくもいい勉強をさせてもらいました」

あきらかに買いかぶりだったが、それを指摘するのも失礼なので、おれは黙って頭をさげた。そして、初めてで疲れたのでここで失礼しますと告げて、もう一度頭をさげた。

菅野がアトリエの外まで送ってくれて、筒状に丸めた画用紙を入れた紙袋をおれに手わたした。

「三山さんが、気がむいたらまたあそびにおいでだってさ」

「ありがとう。疲れたけど、いい気分転換になった」

「それはなにより」

言いたいことはたくさんある気がしたが、明日の朝早くに札幌にむかうこともあり、おれは菅野と別れて生徒寮への帰り道を急いだ。

5

「東北平成学園のみんな、ノッてるかい？　いよいよ、ついに、学園祭が始まるぜ！」

三年生生徒会長の木村琢磨さんは朝から絶好調だった。頭には伊達政宗公と同じ長い三日月のついた兜《かぶと》をかぶり、二年生生徒会長の村木さんを脇にしたがえて、校庭を見おろす二階のテラスに仁王立ちした姿はまさに学園の総大将だった。

校庭には黒山のひとだかりができていた。在校生のほぼ全員に加えて、ＯＢや保護者たち、それに近隣のひとたち、あわせて千人近くがこれから行なわれるオープニングイベントを見るために集まっていた。

おれと中本は遮光カーテンでおおわれたサッカーゴールのなかにいて、カーテンのすきまから校庭をのぞき見ていた。

「まさか、ここまでたくさん来るとはな。ねらいどおりとはいえ、ちょっとこわい気分だぜ」

そう言いながらも、中本はよろこびを隠しきれないようだった。一年生の生徒会が仕切るオープニングイベントが大成功をおさめれば、中本の株も当然あがる。

事前の宣伝はあえて行なわず、きのうの午後六時ちょうどに、東北平成学園高等学校の公式ホームページに、【緊急告知】としてオープニングイベントの開催予告をアップした。午前九時に校庭で決行ということ以外、内容はふせたままにしたため、うわさがうわさを呼び、ツイッターやフェイスブックを通じてさらに広まったらしい。

一方、おれは本気で緊張していた。

「おい、高見。大丈夫かよ」

「うん。いや、かなりテンパってる」

三十分前に、このサッカーゴールに移動してきたときはジャージを着ていたが、今、おれを含めた十二人の一年生たちは白いブリーフ一丁というあられもない姿だった。中本だけは詰め襟の学生服を着ているが、それはそれでけっこう暑いはずだ。

「トップバッターが肝心だからな。頼むぜ、あと三分だ」

「うん」

大きくうなずいたものの、ぶっつけ本番とあって、自信はなかった。しかし、こうなったらやるしかないと決めて、おれは木村さんの合図を待った。

サッカーゴールから三十メートルほど先に、ブルーシートが敷かれている。中央部分が盛りあがっているのは、あるものが隠されているからだ。ブルーシートのむこうには横に長い大きな白布が敷かれていた。

いったい、なにが始まるのか？

校庭に集まったひとたちの期待はいやがうえにも高まり、これ以上は待ちきれないという空気になったとき、木村さんが叫んだ。

「出《い》でよ、グリーンボーイズ！」

「おう！」

大声で答えると、おれはカーテンのすきまから飛び出した。ブリーフ姿の一年生たちがつづき、遮光カーテンでおおわれたサッカーゴールをバックに横一列に並んだ。

最後に出てきた黒子役の中本が走って、ブルーシートのところで身をかがめた。

観客がわきにわくなか、まんなかに立つおれは右手をあげた。

「学園祭実行委員、一年一組高見陽介、行きます！」

あらんかぎりの大声で名のりをあげると、校庭に一瞬の静寂がおとずれた。中本がブルーシートを取り払い、みどり色の液体をたたえたビニールプールがあらわれた。

おれはスタートを切り、裸足《はだし》でダッシュして、頭からビニールプールに飛びこんだ。

目の前がみどり色に染まり、鼻と口にも薄めたポスターカラーが入った。

「そいや！」

木村さんの声にあわせて立ちあがると、おれはプールから足をふみだして、白い布をめがけてダイブした。両手両足を広げて、顔をそらせて落下する。

胸とおなかに強い衝撃が走り、おれは顔と手足を布に押しつけた。

「おー」

歓声ともため息ともつかない声があがるなか、一番手の生徒が名のりをあげた。

「一年二組、伊藤彰一《いとうしょういち》、行きます！」

「よし、行け！」

事情がわかった観客から声援がとんだ。

「そいや！」

何百人もの声を受けて、おれの右側に伊藤が落ちた。

「一年三組、土井一朗《どいいちろう》、行きます！」

「そいや！」

土井は、おれの左側に落ちた。

「一年四組、石川寛樹《いしかわひろき》、行きます！」

「そいや！」

石川がダイブしたところで、おれたち四人はいっせいに起きあがった。かけ足で布から離れながらふり返ると、白い布にはみどり色をした四つのひと型がきれいについていた。

「一年五組、西村定夫《にしむらさだお》、行きます！」

くりかえしわきおこる歓声を聞きながら、おれたちは校舎の裏側をまわって二階のテラスにあがった。

最後の四人が起きあがると、大きな刷毛《はけ》を持った菅野とバケツをさげた村瀬先生が登場して、茶色のポスターカラーで木の幹と枝をぐいぐい描いていく。そのあいだに、宇佐美が率いる柔道部員たちが二本の角材を持ってきて、布の両端を紐《ひも》で角材にくくりつけた。

「さあ、ようやくできあがったようです」

マイクを持った木村さんの声が響くと、柔道部員たちが二本の角材をおこして、地面に掘られた穴に突き立てた。

青空をバックにした校庭に、十二本のけやき並木があらわれた。

「〈アクションペインティング・杜の都〉堂々の完成です。これより、第十二回東北平成学園高等学校学園祭を始めます！」

校庭に集まった千人近い観衆から割れんばかりの拍手と大歓声がわきおこった。

全身をみどり色に染めたおれたち十二人の一年生＝グリーンボーイズは、木村さんと村木さんと共に、テラスのうえから手をふった。ダイブしたときにぶつけた胸とおなかはまだ痛かったが、気分は最高だった。

オープニングイベントを終えると、おれたちはサッカーゴールのなかのジャージを持って生徒寮に行き、シャワーを浴びた。髪の毛や指にまでこびりついたポスターカラーを落とすのはけっこう面倒だったが、無事に役目を果たした安心と興奮の余韻とで、風呂場はにぎやかだった。

きのうの前夜祭で、菅野がイベントの内容はふせたまま、十二名の参加者を募集した。ノリのいい男子校だけあって五十名以上の一年生が手をあげたのに、手をあげなかったおれは学園祭実行委員の代表として、すでにメンバー入りが決まっていた。

菅野と村瀬先生にハメられたので、場所を移してアクションペインティングの詳細を知らされたときは、仙台から逃げ出したいほどだった。しかもトップバッターに指名されて、昨夜はなかなか寝つけなかった。もちろん今は、菅野と村瀬先生のむちゃぶりに感謝していた。

からだはきれいになったものの、床や壁にみどり色の染みがついたので、おれはみんなが出たあとに風呂場を掃除した。

「ごくろうさん。よかったぜ」

ジャージから学生服に着替えて校舎にもどると、中本がねぎらってくれた。

「最高傑作ができたって、菅野がよろこんでたよ。知り合いに頼んで、一部始終を何台ものビデオカメラで撮影してたんだってさ。さっそく編集作業に取りかかって、今夜中にはＹｏｕＴｕｂｅにアップするって言ってたから、ブリーフ一丁でダッシュ＆ダイブする高見陽介の勇姿が日本全国はもとより、世界中に広まるわけだ」

「そんな話は聞いてないぞ」

初耳だったので抗議の意思を示したが、それはそれで悪くない気がした。

卓也や恵子おばさんは大笑いをするだろうし、母だってけっこうよろこびそうだ。波子さんと父のことも頭をかすめたが、二人を同列にあつかうのは波子さんに対してあまりに失礼だった。

台原女子学園の槙野さんや湯元さんはオープニングイベントを見ていただろうか。むこうも今日と明日が学園祭だし、生徒会の役員なのだから、たぶん見ていないだろう。

「よし、今度はおれの番だ。周に目にもの見せてやる」

中本と周君の対局は、午前十一時から一年一組の教室で行なわれることになっていた。〈日中友好　校内囲碁対決〉と銘打ち、立会人兼記録係は村瀬先生がつとめる。教室の天井にビデオカメラを設置し、盤面を真上から撮影した映像をもとに、視聴覚室で大盤解説も行なう。おれは雑用係として、対局中の二人の世話をする役目だった。

中本が夏休み中に腕をあげたのは、村瀬先生も認めていた。佐倉で毎日のように碁会所に通い、プロ棋士の指導も受けたという。中国人棋士たちが好んでつかう、布石をほとんど打たずに、いきなり戦いに持ちこむ戦法に対しても作戦を用意しているとのことだった。

それでも、先に教室に入ってきた中本はあきらかに緊張していた。周君の実力が未知数である以上、こてんぱんに負かされる可能性もあるのだから、平常心でいろというほうが無理だ。

ギャラリーの数も多くて、一年一組の教室には三十名ほどのひとたちがいた。八十歳くらいのおじいさんから女子高生までと幅広く、中国籍と思われるひとたちも数名いた。カメラを構えているのは東北平成学園の新聞部員で、左腕に腕章を巻いている。

興味津々の様子で対局場を見まわしているギャラリーには申しわけないが、対局が始まり、先手番が初手を打ったところで教室から退出してもらう。対局のもようは視聴覚室での大盤解説で楽しんでもらうことになっていた。

解説は、村瀬先生の知人であるベテランのプロ棋士が引き受けてくれた。トッププロではないが、仙台在住の棋士のなかでは五本の指に入る強豪とのことだった。

机におかれた脚のない碁盤を中本がハンカチで拭いていると、周君が入ってきた。十時五十五分の入場で、いつにも増して気合をみなぎらせている。

かたわらには、緑茶とミネラルウォーターのペットボトル、飴《あめ》、カロリーメイト、あんパン、おむすび、おしぼりが用意してあり、対局者が必要なものを自分でとって手元におくことになっていた。

先手後手を決めるにぎりの結果、周君が黒の先手番になった。そこで村瀬先生が立ちあがり、ギャラリーにむけて一礼した。

「お待たせしました。これより学園祭特別企画の囲碁対局を始めます。わたしは本校の教員で、立会いと記録係をつとめる村瀬と申します。持ち時間は六時間ずつ。二日制の対局で、今日の午後四時に封じ手を行ない、明日の午前九時から対局を再開します」

そこでギャラリーから、「おお」「ほお」といった声があがった。

「コミは六目半。黒番は周武平君、白番は中本尚重君です」

村瀬先生が腰をおろすと、おれは教室のうしろに寝かせていた脚立を立てた。周君と中本にいったんどいてもらい、脚立のハシゴをのぼって天井に設置されたビデオカメラのスイッチを入れた。ほどなく携帯電話が鳴り、視聴覚室のテレビモニターにちゃんと映像が映っているとのことだった。

「それでは、始めてください」

村瀬先生の声を合図に中本と周君がお辞儀をして、「お願いします」と挨拶をかわした。

先手は周君だが、すぐには打たず、じっと盤を見ている。

一分がすぎたところで、周君が黒石を上辺の星に打った。その動作にむけて新聞部員がシャッターを切り、フラッシュが数回光った。

「それでは、関係者以外の方はここで退出になります」

おれはつとめて事務的な声で言い、ギャラリーに教室からの退場をうながした。

「なんだ、追い出すのか」

「中本さん、がんばって」

大半のひとたちは囲碁好きのせいか、静かに教室を出てくれた。文句を言った中年男性には数人が非難の目をむけて、中本のファンらしい女子学生はしつこく手をふっていた。

おれも廊下に出て、《対局中につき、入室禁止》と書いたベニヤ板をとびらの前に立ててから教室にもどった。

盤上には黒石がひとつ打たれているだけだった。中本は膝に手をおき、静かな顔で盤面を見ている。

そこでようやく中本が白石を打った。周君とは点対称の位置にある星から一目ずらした手だった。中本の打ち方はおだやかで、石が自然な音を立てた。

対する周君は腕を組み、中本をにらんでいる。中本はにらみかえさず、盤だけに集中していた。数手進んだが、周君の手は予想の範囲内らしく、中本はたんたんと応じている。

「視聴覚室の様子を見てきます」

三十分ほどで十手まで打たれたところで、おれは村瀬先生に断わって廊下に出た。学園祭の人気は上々で、校内には在校生よりも来場者のほうが多かった。

おれは一年一組のある五階から、二階にある視聴覚室にむかった。廊下を奥に歩いていくと、開け放しになったとびらから笑い声が響いてきた。

「白のこの手は、落ちついたいい手だねえ。黒が強引に攻めあいに持ちこもうとしてるのを、うまくはぐらかしている。おっ、黒もやりますなあ。二人とも、そうとう筋がいい。定石にたよらないし、なにより負けん気が強い。今からでもおそくないから、高校を中退してプロ入りをめざすようにすすめましょうか。それじゃあ、校長さんに怒られますか」

年配のプロ棋士はひょうきんな方らしく、脇においたテレビモニターを見ながらの解説に、視聴覚室は笑い声が絶えなかった。

黒板の前に立てられた大きな碁盤はマグネット式になっている。裏に磁石がついた黒と白の石を盤面にくっつけながら、双方のねらいを解説したり、どちらが優勢かを語っていく。

六十人ほどの観客で、視聴覚室のおおかたが埋まっていた。年配の男性が多いが、囲碁ガールらしい女子高生も数人いて、日中囲碁対決に大盤解説を加えた企画は大成功といってよかった。

しかし、なによりもおれは、中本と周君が互角に戦っているのがうれしかった。どちらが勝つにしろ、拮抗《きっこう》した戦いの結果なら、おたがいの力を認めあえるだろう。

「うーん、黒の中国の子もそうとう強いなあ。初めのうちは相手をあなどって、白を全滅させるような勇ましい手を連打していたのが、それではいけないということで、地合《じあ》い勝負にそなえて、一見バラバラだった石を連絡させようとしてきた。途中で方針を変えると悪手《あくしゅ》が出やすいのに、うまいこと持ちこたえて。ほお、そうはさせじと、今度は白が強気にわりこみですか。どっちもまちがえないで、無事に一日目を終えられたら大したもんだ。わたしらプロだって、六時間も持ち時間のある手合いなんてめったに打たせてもらえませんからね。なんともうらやましいことですなあ」

そこまでの解説を聞いて、おれは視聴覚室を出た。階段をのぼって一年一組の前までもどると、槙野さんと湯元さんがいた。

「中本さんは、どうなんですか？」

槙野さんが真剣な顔できいてきた。

「今のところ、互角のようです。ぼくの意見じゃなくて、解説をしてくれているプロ棋士の方の形勢判断です」

「そうですか、よかった」

二人は、生徒会の仕事があるため台原女子学園にもどり、午後三時ころにもう一度来るとのことだった。湯元さんとは別れ際に目があい、すてきな笑顔でお辞儀をされた。

おれはベニヤ板をずらして静かにとびらを開け、息をひそめて一年一組の教室に入った。三十分前に出たときと同じく、広い教室の中央におかれた机をはさみ、中本と周君が碁盤を見つめている。

おれは立会人兼記録係である村瀬先生のとなりにすわった。

白の手番だが、中本はしばらく打つつもりはないらしく、あごに手を当てて、一見ぼんやりした顔でなにごとかを考えている。対する周君は闘志むき出しで、盤上よりも中本をにらんでいる時間のほうが長かった。

おれもこの日のために、囲碁について最低限のルールは覚えていた。しかし、二人の戦いはレベルが高すぎて、具体的にどのような戦いを演じているのかわからないのが悔しかった。せめて中本と周君の姿をこの目に焼きつけておこうと思い、おれは目をこらした。

さらに十五分ほど考えてから中本が白石を打つと、読み筋だったらしく、すぐに周君が黒石を打ち返した。かなり強い手だったようで、中本が身を乗りだした。大きな目をさらに見開いた中本の顔が赤く染まるのを見て、おれは大丈夫なのかと心配になった。

中本は長考に入り、そのまま二十分がすぎた。周君はよほど手ごたえを感じているようで、勝ち誇った顔で腕を組んでいる。

さらに十分がすぎたところで、中本が大きく息をはいた。そして大丈夫だというように小さくうなずきながら、盤のあちこちに目をむけて、ようやく碁笥《ごけ》に手を伸ばした。

「えっ」

中本が打った手を見て、周君が声をあげた。予想になかった場所に白石を打ちこまれたらしく、今度は周君の顔が赤くなった。周君は身を乗りだし、身をよじり、髪の毛をかきむしりながら懸命に考えている。

午後一時半をすぎていたが、二人ともおむすびやあんパンに手を伸ばすどころではなかった。

囲碁や将棋というと、室内での地味なゲームかと思っていたが、実はプロレスやボクシングばりの格闘技だった。おたがいの読みと読み、意地と意地がぶつかりあい、おれは二人の姿から目が離せなかった。

やがて時計の針は三時をまわり、対局の開始から四時間が経過して、盤上は黒と白の石でかなり埋まってきた。周君のほうが追いこまれているらしく、少し前から爪をかんでいる。中本はもう身を乗りだしたりせず、膝に手をおいていた。

周君が長考に入り、腕組みをしたままじっと盤を見つめている。そのまま三十分がすぎても石を打とうとしなかった。

周君は中国語で独り言をつぶやきだした。舌を鳴らしたり、目をつむって首をふったりもして、どうやらよほど分が悪いらしい。このまま自分が封じ手をして、一晩がかりで考えても、勝機を見出《みいだ》せないと思っているのかもしれなかった。

四十五分も考えたすえに、周君が投げやりな手つきで黒石をおいた。

中本はじっと盤を見つめて、白石を打った。これまでとはちがう、ひときわ高い音が教室に響いた。

周君が何度も首を横にふり、目をつむった。そして、姿勢を正して頭をさげた。

「負けました」

そのとき、ものすごいゆれがおきた。おれのからだが宙に浮き、教室の床にころがり落ちたあとも、前後左右にゆさぶられる。

「地震だ。机のしたに隠れろ」

村瀬先生に大声で指示をされても、身がすくんで、すぐには動けなかった。おれが知っている地震とはまるで別ものの激しいゆれで、さらに激しさを増していく。

両手で頭を抱えて、おれは教室の後方に寄せてあった机のしたに逃げこもうとした。しかし、机も椅子も跳びはねていて、とてももぐりこむどころではなかった。

ガラス窓がガタガタと音を立てて、校舎がきしむ音が加わり、耳が痛いほどだった。

「中本！」

右足を押さえて動けずにいる中本を見つけたのと同時におれは叫んだ。中本のそばでは、周君が泣き叫びながらふるえていた。

「中本、どうした？　周君、おい、周君」

おれはよろめきながら二人にかけより、パニックになっている周君の胸倉をつかんで頬を張った。

「落ちつけ！」

おれに怒鳴られて、周君はわれに返った。

「ぼくを助けようとして、天井から落ちてきたビデオカメラが足に当たったんだ。中本君の右足に」

「わかった。わかったから、ここに隠れてろ」

おれはそばにすべってきた机をつかむと、周君をそのしたに押しこんだ。

「もうすぐ、おさまるから」

自分のことばを気休めだと感じながら、おれは床に倒れた中本のとなりにしゃがんだ。かなり長い時間ゆれているのに、地震がおさまる気配はなかった。このままだと地球が壊れるかもしれない。

極端な想像だと思いながら、おれは中本の肩に手をおいた。

「大丈夫か？」

「たぶん、折れてる。ふくらはぎのあたりの骨が。すねの太い骨じゃなくて、裏の細いやつが」

「そうか。それは、腓骨《ひこつ》っていうんだ。大丈夫だ、すぐにくっつくさ」

「腓骨か、そんな名前は初めて聞いた。高見はなんでも詳しいな」

中本は痛みに顔をゆがめながら、おれにむかって笑顔をつくった。

おれはゆれがおさまるまで、中本と一緒にいようと決めた。落下防止用のカバーがついていたのに蛍光灯が何本も落ちて、床はガラスの破片だらけになった。窓ガラスは割れていないが、これから割れる可能性もある。窓ぎわよりも、教室のまんなかにいるほうが安全だろう。

激しいゆれはまだつづいていた。教室のいたるところで白と黒の碁石がはずんでいた。

村瀬先生をさがすと、頭を切ったらしく、出血をしている。それほど深傷《ふかで》ではないようで、ハンカチで傷口をおさえて歯を喰いしばっていた。

「助けて」

と言いながら周君がしがみついてきた。ひどくふるえていて、おれにもふるえがうつった。

「もうすぐおさまる。絶対におさまるはずだ」

周君に言い聞かせながら腕時計に目をやると、あと数分で四時になるところだった。

それにしても、いつまでゆれてるんだ。いい加減におさまりやがれ！

おれの願いが届いたはずもないが、やがてゆれはおさまった。それと同時に、天井に残っていた蛍光灯の灯りが消えた。

「高見、大丈夫か？」

村瀬先生の顔や服には血がついていた。おれは中本の負傷を伝えたが、口のなかが渇いて、ことばがつかえた。

「痛いだろうが、がまんしろよ」

中本を励ますと、村瀬先生がおれに言った。

「ぼくは生徒たちの安否や校内の被害状況を把握して、先生方と協力して今後の対策を講じなければならない。停電したようだが、非常用の電源に切り替わるはずだから、じきに校庭に避難するようにとの放送があるだろう。そうしたら、周を行かせて、高見は中本についていてやってくれ。担架を持ったものに救出に来させるから、それまで中本を頼むぞ」

「はい」

おれの返事にうなずいて、村瀬先生が廊下に出て行った。

「みなさん、落ちついて。走らないでください。ゆっくり行動してください」

村瀬先生の声が聞こえて、どうやら廊下や階段は校舎から逃げ出そうとする生徒や来校者でパニックになっているようだった。

　ふたたび激しいゆれがきた。校舎がきしんで、天井からほこりがまい落ちてきた。一分ほどでゆれはおさまったが、最初の大地震がきたときの恐怖がよみがえった。

「余震でもこの強さか。まさか、自分がこんな大地震にあうとは夢にも思わなかった。模擬店で、焼きそばやお好み焼きをつくってるクラスもかなりあるから、火事になる可能性もあるぞ。様子を見ながら、高見は周と一緒に校庭に逃げろ。村瀬先生の言うことはきかなくていいから」

　中本に言われて、おれは首を横にふった。

「おれはここにいるよ。周君は先に行ってくれ。どこもかしこもガラスの破片だらけだから、気をつけてな」

　おれのすすめを、周君が強い口調で拒んだ。

「ぼくは行かない。ぼくを助けるために中本君はケガをしたんだ。だから、行くなら、中本君も一緒につれていく」

「あれはおれのミスだ。ビデオを天井に固定したのはおれだからな。ここまでの地震は予想できなかったにしても、もっとしっかりくくりつけておくべきだった」

　そのとき蛍光灯がついて、校内放送が流れた。

「みなさん、東北平成学園校長の井上《いのうえ》です。今、大きな地震が発生しました。今後も強い余震がつづくと予想されます。校舎内に残っている生徒および本校学園祭に来場された方々は、すみやかに校庭に避難してください。今のところ、出火の報告はなく、校舎が倒壊する危険性もありません。本校の校舎は最新の耐震構造を備えております。ただ、なにがおきるかわかりません。迅速かつ冷静に、校庭に避難してください」

校長の話しぶりは落ちついていた。

「本校の生徒は、校庭に避難後、クラスごとに集合して、点呼をとり、近くの教員に報告してください。なお、本校の生徒には帰宅を禁じます。他校の生徒諸君についても、原則として、本校の校庭にとどまってください。学園祭に来場されていた方々にお知らせします。東北平成学園は仙台市の広域避難場所に指定されており、今回のような災害に備えて、体育館の地下倉庫および生徒寮の地下倉庫にも食料や飲料水、医薬品や毛布などが備蓄されております。すでに養護教諭と体育科の教員により、軽度の負傷者に対する治療も始めております。どうぞ、ご家族と共に避難してきてください。地震の震源地や被害状況につきましては、詳しい情報が入りしだい、放送もしくは掲示にてお知らせいたします」

校長のたのもしい話しぶりに、おれは安心を取りもどした。

「おい、高見。ちらばってるペットボトルを集めておけよ。停電中は水道も止まるからな。いくら備蓄されているといっても、水や食料をそんなにたっぷりもらえるはずがない。飴もカロリーメイトもあんパンもおむすびも、もはや貴重品だぞ」

中本に言われて、周君とおれは倒れたロッカーからほうきを取り出した。そして、蛍光灯の破片を教室の隅に掃きよせてから、まずは碁石を拾い集めて碁笥におさめた。テーブル用の脚のない碁盤はあちこちに凹《へこ》みができていた。

ペットボトルは緑茶とミネラルウォーターが六本ずつ、飴はいろいろな種類があわせて三十数個、カロリーメイトとあんパンとおむすびはどれも四つずつだった。

「高見、ペットボトルのふたを開けてくれ。腕に力が入らん」

おれは床にすわり、中本の背中に腕をまわして、上体を起こした。

「少し、熱があがってきたみたいだ」

そう言われて中本の額に手を当てると、たしかに熱かった。早く医者にみせたいが、これだけの大地震では被害もそうとう出ているだろう。単純な骨折くらいでは、救急車は来てくれないかもしれない。

そのとき、ポケットの携帯電話がふるえだした。あわてて出ると、波子さんからだった。

「陽介君、陽介君なの?」

「ああ、うん」

おれはあまりにおどろいて、ことばが出なかった。

「生きてるのね。ケガはしてない?」

波子さんの声はふるえていた。

「おれは、大丈夫だよ」

「よかった。東京もすごくゆれて、でも震源地は仙台のほうだっていうから」

「心配してくれてありがとう。そっちは大丈夫？　おれの高校は、今日と明日が学園祭でさ」

そこでまた強い余震がきた。おれは波子さんに、母や恵子おばさんに無事だと知らせてほしいと頼んで、電話を切った。

「誰からだ？」

左腕で抱えた中本にきかれて、波子さんからだと答えると、頭をたたかれた。

「金輪際、湯元さんに色目をつかうなよ」

そう言われて、おれは槙野さんと湯元さんが午後三時ころに一年一組の教室に来ると言っていたことを教えた。

「それなら、大丈夫だろう。いや、絶対に大丈夫だ」

中本は不安をふり払うように断言した。

「そうだ、おれ、携帯電話を村瀬先生にあずけたままなんだ。いくら対局中とはいえ、バイブを切ってサイレントにしておけばよかったのに、よけいなことをしちまった」

「ぼくもだ」

周君も言って、悲しそうに目をふせた。

二人がうなだれているところに、おれの携帯電話がまたふるえだした。今度はメール で、しかも何件も立てつづけに送られてきた。

メールボックスを開くと新しいものから順に並んでいて、一番うえは恵子おばさんだった。そのしたがありさと奈津で、福岡の古賀弁護士、健司、吉見、母、卓也とつづく。北海道や青森でもかなりゆれたとのことで、みんなとても心配していた。

波子さんに、おれは無事だと伝えたから、いずれ恵子おばさん経由で卓也やありさたちには連絡が行くはずだ。でも、おれからもひとことみんなにメールを送ろう。

そう思って親指を動かし始めたとき、あらたな着信があった。今度は誰かと思って開封すると、父からだった。

〈陽介、大丈夫か?〉

メールの文面はそれだけだった。急いでいたのか、それ以上のことばは書けなかったのか。群馬だってゆれたはずで、しかも父は高齢者介護施設で働いている。入所しているお年寄りたちの安全をはかりながら、父はおれのことを心配してくれたのだ。

My father is back.

なぜか英語が頭に浮かび、涙が頬をつたった。

「どうした?」

中本にきかれて、父からのメールだと答えると、目をむいておどろかれた。

「刑務所からじゃないよ。七月に仮釈放されたんだ」

「なんだ、そうだったのか。それならそうとひとこと言えよ、と気軽につっこむわけにもいかない性質の話題ではあるな」

自分のことばに自分でウケて、中本が苦笑いをした。

「それで、高見のおやじさんはどこにいるんだ？」

「群馬」

「群馬？　そりゃあまた近いな。なにか仕事についてるのか？」

中本がいちいちふり返って質問をするので、おれは周君に頼んで机を持ってきてもらった。横に寝かせた机に中本を寄りかからせて、おれは夏休みの初日に古賀弁護士からの手紙によって父の仮釈放を知らされたときのことを話していった。

そのあいだも絶えず余震がきて、大地震の直後にこんな話をしていていいものかと思いながら、おれは菅野が太白のアトリエにつれていってくれたことまで二人に教えた。

「おいおい、そいつはうらやましいなあ」

中本が身を乗りだして、その拍子に痛みが走ったらしい。

「痛い。痛いが、うらやましい。ちくしょう、弁護士からの手紙が一日はやく着くか、帰省を一日おくらせていたら、おれもヌードモデルを描けたのに」

本気で悔しがる中本がおかしくて、おれは声を立てて笑った。

「つぎは、ぼくもさそってよ」

周君が言って、おれと中本は顔を見合わせた。

「いいぞ周。男たちの夢は万国共通だ」

「そのとおりだね」

一学期のあいだ、誰とも会話をしなかったのがうそのように、周君はほがらかだった。

「菅野君はずるいやつだね。自分ばかりいい目にあって」

「まったくだ」

周君に中本が賛同して、二人は握手をかわした。

とびらがノックされて、入ってきたのは菅野だった。

「おう、うわさをすれば影だ」

中本が大きな声でむかえて、その反動でまた足を痛がっている。

「養護の飯田《いいだ》先生から痛みどめの薬をあずかってきたんだ。市販の薬だけど、そこそこ効くはずだから、とりあえず飲んでおいてくれって。あと、この添え木と包帯で患部を固定するようにって。それから湿布も貼るようにって」

中本が薬を飲み終えると、おれたちは協力して、中本の右足に包帯を巻いた。

「校庭はかなり混雑してる。ほこりもすごいし、ここにいるほうがいいかもしれない。

それから、沿岸地域のほうで黒い煙がかなりあがっていて、むこうに家がある生徒たちが動揺してる。仙台の市街地もあちこちで火事になっているみたいだ」

菅野は一年一組の教室に来てほっとしたらしく、気持ちを落ちつけようと何度も深呼吸をした。

「たぶんだけど、うちの学園があるあたりは被害が少ないほうなんだと思う。それに、おれも中本も高見も周も、家族は遠くにいてさ、仙台にいる自分よりも親や兄弟や親戚がひどい被害にあってる可能性はほぼないよな。でもさ、うちの生徒の大半は仙台市内だったり、宮城県内の出身だろ。みんな、動揺がハンパなくてさ。とても一緒にいられなかったんだ」

よほど心細かったようで、菅野の目には涙が浮かんでいた。

「もう四時半になるね」

周君が言って、おれたちはそれぞれ腕時計を見た。

「午前九時にオープニングイベントがあって、そのあとに中本君と対局したのが、はるか昔のような気がする。ついさっき、負かされたばかりなのに」

「なんだ、周はグリーンボーイズのアクションペインティングを見てたのか？　おい、高見。周がおまえの勇姿をちゃんと見たってよ」

おれが照れていると、周君が右手を差し出して、おれたちは握手をかわした。勝負のついた囲碁の話にはふれないのが、いかにも中本らしかった。

「そういやあ、あの旗というか、けやき並木の絵はどうなった？」

中本にきかれて、菅野が答えたところによると、角材が根本から折れて地面に倒れたので、布ははずして生徒寮のワンダーランドにおいてきたとのことだった。停電でオートロックが作動しないため、個室には入れなかったという。

地震が発生したとき、菅野は美術部の部室でビデオの編集作業をしていた。強烈なゆれにおそわれるなか、必死にビデオカメラとパソコンを守ろうとしたが、どちらも倒れてきた本棚の下敷きになって、映像はパーになった。

「そうか、残念だったな。しかし、アクションペインティングの一部始終はみんなの目に焼きついている。そのあとにおきた地震のために、よりあざやかに記憶されていくはずだ。それに、寮の部屋にも、どうにか入れるようになるよ」

中本は明るく言い切ると、大きなあくびをした。

「さっき飲んだ痛みどめがもう効いてきたらしい。悪いが、おれは寝るぞ。村瀬先生が来たら、おれの携帯電話を返してもらってくれ。高見には何件もメールが来たんだから、おれにだって二つや三つは届いているはずだ」

中本は背中を机にもたせかけたまま腕を組んで目をつむった。しばらくすると寝息が聞こえて、おれは菅野と周君と顔を見合わせた。

「すごい度胸だね」

周君が感心した。

「半分は薬の力だよ」

菅野が言って、思い出したように周君にきいた。

「さっきの言い方だと、対局は中本が勝ったのか？」

「うん、見事にやられた。二日制なのに、封じ手まで持っていけなかった。あなどっていたのはたしかだけど、初めから本気で打っていても勝てたかどうかわからない」

「中本が寝る前に言ってやればよかったのに。きっと、痛みを忘れるほどよろこんだぜ。勝ち誇りはしないだろうけどさ。それはそうと、高見の携帯電話にはメールが届いたのか？」

「うん、電話もかかってきた」

「本当かよ。みんな、電話もメールも通じなくてまいってるのに」

菅野におどろかれてポケットから携帯電話をとりだすと圏外の表示が出ていた。菅野によると、地震の直後から、どの電話会社の機種も同じ状態だという。

波子さんからの電話も、父からのメールもまぼろしだったのではないかと不安になり、おれはメールボックスを開いた。一番うえには、たしかに父のアドレスがあった。着信履歴には波子さんの名前と電話番号が記録されていた。

おれは右手に持った携帯電話を胸に押し当て、左手を重ねて強く抱きしめた。

6

その晩、おれたち三人に周君を加えた四人は生徒寮の中本の部屋に泊まった。停電はつづいていたが、各部屋のオートロックは非常用のマスターキーで解除された。乳幼児や病人を抱えた被災家族に生徒寮を開放したため、右足を骨折している中本をベッドに寝かせて、菅野と周君とおれは床にごろ寝をした。

養護教諭の飯田先生の診察によると、中本はやはり腓骨が折れていた。ただし単純骨折で、折れた骨が筋肉や血管を傷つけているわけではない。仙台市内の病院はどこもかしこもごったがえしているようだから、とりあえず二、三日は生徒寮で安静にしているほうがいいということになった。

中本は平気な顔をしているが、そうとう痛むはずで、ときおり眉間にしわを寄せていた。熱もあるようで、せめて濡《ぬ》れタオルを額に当ててやりたいと思っても、停電に伴い水道も止まっていた。

携帯電話も固定電話もパソコンもつながらないし、テレビも映らないので、地震による被害状況はまるでわからなかった。村瀬先生をはじめとする教員たちは、手分けをして仙台市内に住む生徒たちを自宅まで送っていった。

やがて日が暮れて、部屋のなかも暗くなった。懐中電灯とろうそくが配られていたが、停電が何日間つづくかわからないので、極力使わないようにした。

夕食には、非常食として備蓄されていた五目炊き込みごはんとカンパンを食べた。それだけではとても足りないので、一年一組の教室から持ってきたおむすびとあんパンを四人で分けて食べた。

「実はおれ、おやつ用にクッキーやかりんとうを買ってあってさ。明日はそれを食べよう」

まっくらな部屋で菅野が言って、みんながつばを飲みこむ音が聞こえた。

「おれは餅とせんべいと落花生だ。落花生は、千葉の名産だから、そこの段ボール箱にくさるほど入ってるぜ」

中本のことばを聞いただけで、香ばしい落花生の味が口いっぱいに広がった。

「おれは、するめと昆布と煮干なんだ。長く噛《か》んでいられるし、栄養もあるけど、腹はいっぱいにならないなあ」

「シブいというか、おやじくさいというか、いかにも高見らしいな」

中本にひやかされて、おれは机のひきだしに北海道産のバターキャラメルが二箱入ってるのを思いだした。おれの部屋に泊まっている家族には四歳と一歳の子どもがいたから、あの子たちにあげたらよろこぶだろう。

声と気配でみんなの存在を感じながらそんなことを考えていると、中本があらたまった声で話しだした。

「なあ、高見。おまえにメールをくれたのは誰と誰だった？　おやじさん以外でさ」

「なんだ、おとうさんからメールが来たのか？」

菅野にきかれて、おれは父のことから先に話した。つづいて、恵子おばさんをはじめとする魴鮄舎のメンバーをあげていくと、中本が途中で口をはさんだ。

「周にさあ、恵子おばさんの一代記を聞かせてやれよ。おれと菅野は五月の生徒会選挙のあとに聞いたけど、損か得かばかりを考えている今の日本人のなかに、そんな女のひとが本当にいるのかって、マジでおどろくから。恵子おばさんあっての高見陽介だってことが、よくわかるぜ」

思いがけない話題をふられて、おれはしばし黙りこんだ。たしかに二人には恵子おばさんのことを話したが、それはあくまで流れで話したので、こうしてあらたまって語るのはちがう気がする。

おれがいつまでも黙っていると、暗がりから鼻をすする音が聞こえた。

「ぼくは今日、日本に来て初めて、友だちができたと思っていたのにね」

「ほら、ここで周を悲しませてどうする」

あきらかにうそ泣きだとわかっていたが、中本に迫られて、おれは母の姉である恵子おばさんについて話すことにした。それは同時に、おれの父が逮捕されてからの出来事を語ることでもあった。

「まだ午後七時すぎだからな。今夜は長いぜ」

中本に言われて、おれは二年前の五月に、父が単身赴任中の福岡で逮捕されたくだりから話しだした。父の逮捕から三日目の朝、おれは母につれられて埼玉の自宅から札幌にむかい、恵子おばさんと対面した。

恵子おばさんこと後藤《ごとう》恵子は母の実姉だが、おれはそれまで一度も会ったことがなかった。その理由は、姉妹のそりが合わなかったからで、どちらかといえば四つうえの姉である恵子おばさんに責任があった。

福井県小浜《おばま》市の網元の娘として生まれた恵子おばさんは医者を志して、一浪のすえに北大医学部に進学した。しかし、すぐに芝居の魅力にとりつかれて、講義に出なくなった。あげくに三年目で中退して、後輩の芝居仲間と結婚し、劇団を旗揚げするというのだから、遠く離れた故郷で心配している家族はたまったものではない。とくに安定志向の強かった母は、破天荒な姉とそれまで以上に距離をおくようになった。

母の予感は正しかった。「劇団魴鮄舎」は初めのうちこそ札幌で注目を集めていたが、じょじょに観客が減っていった。結局、夫の浮気が原因で、わずか四年で二人は離婚した。劇団も解散し、恵子おばさんに残されたのは一人娘の花《はな》さんだけだった。

そうしたいきさつがあって、姉妹はますます疎遠になった。それでも、いざというときにたよれるのは身内以外になく、おれをあずかってほしいと頭をさげて頼んだ母の頬を恵子おばさんは平手で思い切り張った。

その衝撃音は、おれの耳に今もあざやかに残っていた。気落ちした母に活を入れるためだったわけだが、おれは本当におどろいた。おれの人生は、あのときのおばさんの平手打ちによって始まったとさえ思うことがあった。

恵子おばさんは、たったひとりで十四人の中学生の面倒をみていた。おばさんがつくる料理はおいしいとは言いがたかったし、気分屋なところもある。それでも、いざというときには、男勝りな度胸でおれたちを守ってくれた。

「卓也がふざけて、ちんぽ出しジャンケンをしようって言ってさ。負けたやつが見せるってくだらないゲームをしてたら、夜なのに大さわぎになっちゃってね。おまけに卓也が口答えをしたもんだから、おばさんが怒って、それならあたしもジャンケンにまぜなって言ってさ。完全本気モードなんで、さすがの卓也も降参してね。あれはおもしろかったなあ」

もっとましなエピソードがたくさんあるのにと思いながら、おれは思い出すままに魴鮄舎の様子を話していった。

「それでわかったね」

周君がひとり合点をして、手さぐりでおれに近づき、肩をたたいた。

「地震がおきたときに、ぼくは完全に動顚《どうてん》してしまってね、つまりパニクっていた。そうしたら、高見君に見事なビンタをくらってさ。おまけに、落ちつけって、ものすごい声で怒鳴られた。頬を張られたのなんて生まれて初めてだったけど、おかげで正気をとりもどせてね。あれは、恵子おばさんが、高見君のおかあさんに活を入れたときの応用だったわけだ」

そう言われれば、たしかにそのとおりだったが、周君の頬をたたいたとき、おれはおばさんのことを考えてはいなかった。ただ反射的にやったので、おれは自分で自分の行為におどろいた。

「血は争えんってことなんだろうな。こんなときじゃないと言えないが、生徒会長選挙のとき、おれは体育館にいた全員をなめていた。どうせこいつらは大したことがないって。おれが味わってきた苦しみからしたら、赤ん坊と変わらない連中だと思ってた。周と高見の学力には一目おいていたし、選抜クラスにいながら芸大をめざすという菅野にもスケールの大きさを感じていた。でも、ほかの連中は、はっきり言って十把《じっぱ》一絡《ひとから》げだと思ってた」

ふいに話しだした中本は、そこで息をついだ。

「そうしたら、あんなことになってな。おまけに高見の衝撃的なカミングアウトが飛び出して、おれは自分の浅はかさを思い知らされた。今だって、おれはこのメンバーだから、こんなことを話してるんだ。それなのに高見は、どんな誤解を受けるかもわからないのに、体育館にいた一年生全員にむかって、自分のおやじの犯罪を告白しやがった。しかも他人であるおれを守るためにだ。あんな無茶は、おれには絶対にできない。おれはいつでもひとを値踏みしている。利口か、バカか。度胸があるか、臆病ものか。役に立つやつか、役立たずか。それで、相手を自分よりもしたに見て、全力をかたむけない口実にしてきた。でも、高見は、そんな損得勘定をかるがると飛び越えやがった。ついさっきまで、おれのおやじにまつわるうわさを嬉々《きき》として話していた恥知らずな連中にむかって、おまえは自分の弱みをさらけだしてみせた。おれは、あんなにおどろいたことはない」

ほめられているのか、呆れられているのかわからなかったが、まっくらな部屋に響く中本の声はふるえていた。

「だから、おまえには、大ゲンカをしていた彼女から、地震のあとまっさきに電話がかかってきやがるんだ。ちくしょう、足が痛《い》てえよお」

中本が言いたいことはわからないでもなかった。でも、中本だって周君を助けようとして足を骨折したのだし、ひとはときに捨て身の行ないをしてしまうものなのではないだろうか。

恵子おばさんや卓也に会ったら、中本はもっとおどろくはずだ。あの二人にくらべたら、おれなんてぜんぜん大したことはない。それだけは確信をもって言えると思い、おれは目をつむった。

7

よほど疲れていたようでそのまま眠ってしまい、目をさますとカーテンのすきまから朝日が差しこんでいた。

腕時計を見ると、午前五時になるところだった。おれ以外の三人はあのあとも起きていたのか、寝息を立てて熟睡している。

おれは静かに起きあがり、ドアを開けて廊下に出た。断水の影響で寮内のトイレは使えないため、用を足すには生徒寮の裏手に設置された簡易トイレまで行かなければならない。

大地震から一夜が明けて、ひとかげのない廊下を歩き、階段をおりると、一階のワンダーランドでは個室に入れなかった近所のひとたちが雑魚寝《ざこね》をしていた。なんだか、この日を見こして畳敷きの空間をつくったようだった。

用を足して玄関前にもどってくると、自転車に乗った新聞配達員と出くわした。大地震の翌日にも朝刊を配達してくれることに感謝しつつ、おれは胸騒ぎをおぼえた。

「おはようございます。本社からの指示で、こちらの避難所には今日の朝刊を三十部届けるように言われています」

「そうですか、ありがとうございます」

お礼を言って分厚い新聞の束を受け取ったおれは、玄関に入りながら一面に掲載された写真を見て息をのんだ。

《激しい揺れ白昼襲う》と大書された見出しのしたには、津波にのみこまれた家々のカラー写真があり、そのうちの一軒は炎に包まれていた。

おれはその場に立ちつくして、新聞の記事を読んでいった。

衝撃的な記事の連続に愕然《がくぜん》としていると、背後に気配を感じた。

主婦らしい女性が目を大きく見開いていて、おれが手わたした新聞を少し読んだところで叫び声をあげた。

「うわあ、いやだあ。なによお、これえ」

その声に、ワンダーランドで寝ていたひとたちが目をさました。

あっというまにひとだかりができて、おれの手から新聞を取っていく。残り一部になった新聞を抱えて、おれはホールを横切り、階段をのぼった。

二階の中本の部屋にもどると、三人とも起きていた。朝刊をベッドに広げて、おれたち四人は額を寄せた。

「まだ一面の記事しか読んでないけど、思っていたよりも、ずっとひどいみたいだ」

おれが話すと、中本から歯のきしる音が聞こえた。

みんなが一面の記事を読み終えるのを待って、おれは新聞をめくった。

二面に掲載された写真には、沿岸におそいかかる大津波がとらえられていた。

「信じられないな。きのうの今ごろはオープニングイベントの準備に追われていたっていうのに」

そうつぶやいた中本から嗚咽《おえつ》がもれて、おれも右手で口を押さえた。

8

翌日も停電がつづいていたため、ワンダーランドにおかれた手巻き充電式ラジオのまわりにはずっとひとだかりができていた。

ただし、情報はとても十分とは言えず、誰もがやり場のない怒りと不安を懸命にこらえていた。

被災者どうしのケンカはいっさいなかった。簡易トイレには長い行列ができていたが、横はいりをするひとは皆無だった。食事のときは、見知らぬひとどうしでもおだやかにことばをかわしていて、ごはんの味や量に文句をこぼすひともいなかった。

携帯電話は、通話もメールも不通のままだった。しかし固定電話はときおり通じるとのうわさをたよりに、菅野は自転車で太白の三山さんの家まで出かけた。

菅野は日も暮れかけた午後六時半になって、ようやく生徒寮にもどってきた。そして、大事な話があるというので、おれたちはろうそくに火を灯《とも》して車座になった。

「弘前の家と連絡がとれたんだ。それで、単刀直入に言うと、明日の午前九時半に仙台駅西口発山形行きの高速バスのチケットを四枚確保できた。東北自動車道は封鎖されているけど、一般道を山形に抜けるルートは生きているらしい」

そう言って菅野は、中本、周君、おれの順番で目を合わせた。

「山形まで行けば、新潟経由で東京をめざせる。山形から北上するルートも生きているから、弘前のおれの実家に来てくれてもいい。中本のケガもおれの親に伝えて、弘前の病院のベッドを確保してもらった。骨折した足で、ひとりで佐倉までもどるのはたいへんだろうから、弘前に来たほうがいいと思う」

菅野の親身なすすめを受けても、中本は首をたてにふらなかった。

「おれは生徒会長だからな。そう簡単に仙台を離れるわけにはいかん」

「この非常時に高校生が過大な責任を抱えこむ必要はないよ。それに、単純骨折だといっても、ちゃんと医者に治療をしてもらわなくちゃ」

菅野の説得を、中本は顔をしかめて聞いていた。

「わかった。恩に着る」

中本の返答にうなずくと、菅野は周君のほうをむいた。

「周君も、中国に帰らないまでも、まずは一度、仙台から脱出したほうがいいだろう」

「うん、ありがとう。この恩は一生忘れない」

周君が菅野の右手を両手で包んだ。

「今から自転車で留学生会館にもどって、このことを伝えてくる。山形から先、どこにむかうのが一番いいかも、係のひとと相談してくるよ」

「おい、高見。周に懐中電灯を持たせてやれ。おれの机のうえだ」

中本に言われて、おれは周君に懐中電灯をわたした。

菅野からバスのチケットを受け取ると、周君はおれたちをふり返りながら廊下に出て行った。ドアが開け閉めされた勢いで、ろうそくの炎が大きくゆらめいた。

中本につづいて周君とも話がつき、菅野は安心した顔をおれにむけた。

「これほどの大災害だと、少なくとも今月いっぱいは休校だろうな。弘前の家には使ってない部屋がいくつもあるから、高見は遠慮なく滞在してくれよ」

「ありがたいけど、おれは仙台に残るよ。だから、おれのぶんのチケットは、誰かほかのやつにあげてくれないか。村瀬先生にきけば、実家に帰りたがっている生徒がわかると思うからさ」

おれの返事を聞いて、菅野が泣きそうな顔になった。

「ごめん、せっかく気をつかってもらったのに。でも、おれは仙台にいたいんだ」

「どうして？」

菅野にきかれて、おれは天井を見あげた。

「理由か。理由は、自分でもよくわからない。でも、だんだんわかってくるとは思う」

最後のほうは口ごもりながら言うと、菅野がくちびるをふるわせて、おれの肩に右手をおいた。

「まさか断わられるとは、かけらも考えなかった。だって、まだ停電がつづいているし、震度6クラスの余震がくる可能性だってあるんだぞ。食事は非常食だし、いつになったら風呂に入れるかもわからないのに」

「冷静に考えたら、仙台から出たほうがいいんだと思う。でも、おれはこのまま生徒寮にいるよ。そのほうが落ちつく気がするんだ」

われながら意味不明だと思いつつも、おれは自分が本心を語っているのがわかった。

「菅野、いいから高見の好きにさせてやれよ。こいつは、いずれ、とんでもないやつになるよ。おれたちにできるのは、こいつの邪魔をしないことくらいさ」

ろうそくの火のむこうで、中本の顔がゆれていた。

「そうだな。きっと、そうなんだろう」

菅野は明朝の出発について村瀬先生に報告に行き、おれは中本の荷造りを手伝った。地下鉄もバスもまだ動いていないとなると、右足を骨折している中本をどうやって仙台駅までつれていくかだった。問題は、右足を骨折している中本をどうやって仙台駅までつれていくかだった。地下鉄もバスもまだ動いていないとなると、自転車の荷台に乗せていくのがもっとも現実的だった。ただ、中本が落ちでもしたら、たいへんなことになってしまう。そうかといって、四キロ近い道のりを松葉杖《まつばづえ》で歩かせるのはあまりにも酷だ。

しかし、その件はすぐに解決した。菅野から報告を受けた村瀬先生が、菅野に五分ほどおくれておれたちがいる部屋にやってきて、明日の朝、おじである理事長の車を出してくれると言った。

菅野が感謝すると、それはこっちのせりふだと村瀬先生が笑顔を見せた。足を骨折した中本の治療もできるし、ただひとりの中国人留学生である周君の安全も確保できると、事情を聞いた理事長も感謝しているとのことだった。

「高見は、本当に残るんだな」

村瀬先生にきかれて、おれはうなずいた。

「それじゃあ、高見のぶんのチケットはぼくが買い取って、心当たりの寮生に声をかけてみよう。それと、明日の午前中にでも、高見の部屋に入っている一家にこっちに移ってもらおうか。そのほうが落ちつくだろうからな」

「落花生や餅は高見にやるよ。おまえのことだから、みんなにくばっちまいそうだけど、少しは自分でも食べろよ。菅野も、クッキーやかりんとうをおいていくだろ」

「それはもちろん。実は、カップラーメンも五、六個あるんだ」

中本のことばを受けて、菅野は部屋の隅においていた小型のスーツケースから食料をひとまとめにしたレジ袋を出して、おれにくれた。

「ところで先生、学校は今月中に再開できそうですか？」

菅野の質問に、村瀬先生が一転して沈痛な面持ちになった。

「ここだけの話だから、他言はしないでくれよ。うちの生徒の保護者のなかに、われわれが把握しているだけで、連絡がつかない方が十人以上いらっしゃる。教員の家族や親戚も何人も亡くなられている」

村瀬先生の話に、おれたちはことばを失った。

「さいわい、うちの校舎にこれといって大きな損傷はないが、授業の再開は仙台の街の復興と足並みをそろえながらということになるだろう」

村瀬先生はそう言うと、おれと目を合わせた。考えなおして弘前に行けというメッセージを感じたが、仙台に残りたいという気持ちに変わりはなかった。

そのとき周囲が明るくなった。

村瀬先生が飛びあがってドアを開けると、廊下の照明が光っていた。

「火事だ！」

「なんだ、電気が復旧したのか」

「先生、なんだはないよ。やった、停電が終わったってよろこばなくちゃ」

中本に指摘されて、村瀬先生が頭をかいた。

「それじゃあ、この部屋も」

村瀬先生がスイッチを入れると、天井の蛍光灯がついた。明るすぎて、目が痛いほどだった。

灯りがついたおかげで、生徒寮のなかは急ににぎやかになった。

中本を部屋に残して、村瀬先生と菅野と一緒に廊下に出ると、おれの部屋に入っていた一家がはやくも帰りじたくを始めていた。

「先生、いろいろとありがとうございました」

若い奥さんがお礼を言って、ご主人もカバンに荷物をつめこみながら頭をさげた。

「どうぞ、お気をつけて。きみたちも、元気でな」

村瀬先生が子どもたちに手をふると、奥さんが早口で言った。

「こちらのほうが安全ですから、今夜もお世話になりたいんですけど、家にもどれば固定電話をかけられるようなので、あちこちに無事を知らせませんと」

「そうですか。まだ余震があるかもしれませんので、不安に感じられたら、どうぞまたおいでください」

「そう言っていただけると、本当に助かります。ありがとうございました。部屋も、ちらかしたままで申しわけありません」

奥さんの足に子どもたちがまとわりつく姿を見て、おれは停電が終わって本当によかったと思った。

一階のホールにおりていくと、ワンダーランドに泊まっているひとのなかにも自宅に帰ろうとしているひとたちがいた。すでに震災から立ちなおった雰囲気さえただよっていて、おれは人々のたくましさを感じた。

「ほら、元気だして行くぞ。みなさん、お先に」

大きなカバンをさげたご主人が奥さんと子どもを励まして歩きだした。そのうしろ姿が見えなくなるまで、おれは生徒寮の玄関に立ちつくしていた。

9

地震から一週間目の午前七時に水道が復旧した。生徒寮のトイレが使えるようになり、洗いものもできるようになった。

もっとも、そのよろこびをおれと分かち合ってくれたのは村瀬先生だけだった。百五十名いた寮生たちは、おれひとりを残して全員が故郷に帰っていた。

中本、菅野、周君の三人がいち早く仙台を離れたことがわかると、同じ山形ルートで脱出をはかろうと、寮生たちは懸命になった。そして、菅野たちにおくれること二、三日で、全員が高速バスで山形にむかった。

生徒寮に避難していた被災者たちも順次帰宅したため、村瀬先生は水道の復旧を機に、生徒寮の開放を終了することを決めた。

東北平成学園の体育館は避難所に指定されていて、一時は近隣の住民三百人以上が身をよせていた。しかし、そのひとたちも十五人ほどにまで減った。

テレビや新聞の報道では、岩手・宮城両県の沿岸地域で避難所がぎゅうぎゅうづめになっているとのことだった。しかし、電気や水道が復旧した市街地では、急速に日常生活がとりもどされていた。

おれは村瀬先生から生徒寮の臨時管理人に任命されて、玄関の鍵をあずかることになった。侵入者を防ぐためにも誰かが暮らしていたほうがいいということで、おれは村瀬先生と二人で生徒寮に住みつづけた。村瀬先生が自宅に帰ったときには、一年五組の担任をつとめる本多先生がかわりに舎監室に泊まった。

本多先生は英語の教師で、テニス部の顧問をしている。三十歳くらいだと思っていたら、三十五歳になるという。村瀬先生とひとつしかちがわないが、スマートでいつも身奇麗にしているせいか実際の年齢より若く見えた。

「きみたちも、いずれ女性を知らなかったころをなつかしむ日が来る。男同士のつきあいがどれほどありがたいか」

最初の授業の冒頭でもの憂げに語ったので、本多先生の印象は村瀬先生とは逆の意味で強烈だった。現在は独り身だが、うわさによれば離婚歴があってお子さんもいるらしい。

「学校が休みのあいだは日本語を話すからな」

地震のあと、本多先生が初めて宿直に来たとき、おれに会うなりそう言ったのは、選抜クラスの英語は、授業中の会話がすべて英語だからだ。

「ぼくは親の仕事の関係で二歳でアメリカに行って、十四歳までむこうで育った。標準語なら普通に話せるが、今回の地震にあって、どうして宮城県の方言を学んでおかなかったのかと、自分を情けなく思ったよ」

本多先生が言いたいことはわかるようで、よくわからなかった。それに方言についてはそれきりで、二人で夕ごはんを食べたときには仙台地方に伝わる民話のあらすじをいくつも教えてくれた。

やがて携帯電話もつながるようになり、菅野と中本からはちょくちょく電話がかかってきた。

中本によると、台原女子学園の槙野さんは家族と共に岡山県の親戚宅に避難している。湯元さんは仙台市内の自宅にいて、元気にしているとのことだった。

中本の骨折した右足の回復は順調で、三週間ほどで松葉杖なしで歩けるようになるという。中本の母親は千葉県の佐倉から弘前まで息子を見舞いにきて、そのまま市内のホテルに滞在しているとのことだった。

菅野は弘前の実家にもどって数日すると、仙台に帰りたくなった。津波におそわれた沿岸地域や、地震で倒壊した建物を自分の目で見たいと父親にうったえたが、それはさすがに反対されて、身動きがとれないとのことだった。

おれは午前中、東北平成学園の校舎に行き、村瀬先生や本多先生たちと一緒に教室や図書室を片づけた。ほかの先生たちは、自宅の片づけや家族の世話があるせいか、来たり来なかったりだった。身内や友人を亡くされた方もいるのだろうが、そんなことをきくわけにはいかなかった。先生たちは誰もが口数少なく、黙々と働いていた。

一度だけ、校長先生がやってきて、先生たちにねぎらいのことばをかけた。おれとは握手をしてくれたが、間近で見ると校長先生があまりにやつれているのでおどろいた。ようやく立っているといった感じで、きっと心労を抱えながら、学校の再開にむけて休む間もなく活動しているのだろう。

校舎は最新の耐震構造を備えているだけあって、基礎部分に損傷はないとのことだった。ただし激震によって天井や壁からまい落ちたほこりで、床はまっしろだった。防塵《ぼうじん》用のマスクが必需品で、二、三時間働いただけで髪の毛や服がほこりだらけになった。お昼は配給された食事を先生たちと一緒に食べて、午後は生徒寮にもどって勉強をする。夕方には波子さんと電話で話すのがおれの日課だった。

波子さんが話して、おれは相づちを打つか、きかれたことに答えるだけ。時間もせいぜい五分くらいと、あまり長く話すわけではなかった。

それでも毎日話すうちに、中本や菅野や周君のこと、それに村瀬先生や釈放された父のことも、波子さんに伝わっていった。

波子さんを通して、おれは首都圏の被災状況を知った。

「地震の日から一週間くらいは食品の搬入がとても少なかったから、スーパーに朝早くから行列ができてすごかったのよ。おかあさんによると、あんなことは四十年前の石油ショック以来だって」

「そうだったんだ」

「わたしも何度か一緒に並んだけど、もうこわいくらい。お正月の初売りバーゲンどころじゃないんだから。列に横はいりするひとや、それを注意するひとでケンカがしょっちゅうおきて、本当にいやだったわ」

「あっ、ゆれた。けっこう強いよ」

おれが教えると、波子さんが実況中継をしながら地震の到達を待ちかまえた。

「宮城県内で発生した地震は、まもなく東京都小金井市は和田家の二階、わたくし波子の部屋に、あっ、今まさにゆれだしました」

「こっちは、そろそろおさまったかな」

「うちは、まだゆれてるわ。ああ、どうやらこれで終了です。おそらく震度は2だったでしょう」

一度は、電話の最中に震度5クラスの大きな余震があった。

「これはでかい。ちょっと、部屋から外に出るよ」

「電話は切らないで」

「えっ？」

「そのままにして。お願いだから」

「わかった」

なにがわかったのかわからないまま廊下に立っていると、波子さんの息づかいがおれの耳元で聞こえた。

「こっちもゆれだしたわ。陽介君もゆれてる？」

「うん。まだゆれてる」

「だんだん強くなってきた。こんなに強いゆれだったんだ。ごめんね、逃げる邪魔をしちゃって」

「いや、いいよ。地震にはすっかりなれたし。それに、この寮は頑丈だから、震度5くらいじゃあ、どうってこともない。震度6だと、本気でこわいけどね。ああ、こっちはゆれがおさまってきた」

「わたしはまだゆれてる。今は、仙台と東京が同じくらいのゆれ方かもしれないね」

「うん」

たしかめようはないと思いながらも、遠く離れた波子さんとおれは同じゆれのなかにいた。

10

地震の発生から十一日目に、思いがけない訪問者があった。

午後になってから生徒寮の部屋で勉強していると、携帯電話が鳴った。かけてきたのは画家の三山さんだった。今、寮の玄関前にいるという。

急いでむかうと、よれよれのジーンズに古びた革のジャケットを着た三山さんがガラスドアのむこうに立っていた。

「やあ、おたがい無事でなによりだ。弘前にいる菅野君から電話があって、きみが仙台に残ってると聞いてさ」

ワンダーランドに通すと、三山さんは畳にあぐらをかいた。そして、ざっとあたりを見まわしてから、おれと目を合わせた。

「ちょっと、手をかしてほしいことがあってね」

震災から一週間後に、三山さんは自宅の近くにある太白の小学校から生徒への絵の指導を頼まれた。以前、図工の授業に招かれたことがあり、もし時間があるなら、子どもたちの話し相手になってもらいたいとのことだった。

まだ授業は再開されていないが、校舎に目立った被害がないことが確認されたため、日中は教室を在校生に開放しているのだという。

最初の日は、地震によるショックからか、子どもたちは三山さんに警戒心をあらわにした。三山さんは思いついて、小学校に入学したときの思い出を絵に描くようにすすめてみた。すると子どもたちはランドセルを背負って初めて登校した日のうれしさを元気いっぱいに描き、教室に笑顔がもどった。

「それはよかったんだけど、元気になったなら、年寄りと絵を描いているよりも、国語や算数をちゃんと勉強したほうがいい気がしてさ。担任の先生にそう言ったら、授業をしたいのはやまやまだけど、生徒が全員そろわないところで教員が指導をすると、問題になりかねないって言うんだよ。ぼくなんかには、本末転倒にしか思えないんだけどね」

そうこぼして、ぼさぼさの頭をかいたあとに、三山さんはおれの目をのぞきこんだ。

「正規の教員による授業が無理なら、高校生のきみにミニ学習塾をひらいてもらおうと思いついてさ。お礼は、わが家での夕食でどうだろう」

夏休みのアトリエで三山さんはとてもやさしかったし、今日も上機嫌だった。三山さんが帰ってからいろいろと考えて、おれは昆虫観察をしようと思いついた。ハイキングに行くのは無理だから、紙でバッタの模型をつくる。おれ自身が小学三年生のときに受けた授業で、とてもおもしろかった。

夕方、生徒寮にもどってきた村瀬先生に、三山さんが訪ねてきたと言うと、「ぼくも会いたかったなあ」と残念がっていた。

おれが太白の小学校で教えるのは賛成だが、この場で予行演習をしてみろと言われた。そこで古新聞を材料にバッタを折った。二枚の紙をつかっての本格的な折り紙で、実物そっくりのショウリョウバッタができあがった。

「ほう、足のつけ根の位置もあっているし、よくできてるな。小学生がこれを自分で折るのはいい勉強になるよ」

村瀬先生のお墨つきを得て、おれは安心した。

「それで、どうして昆虫観察にしたんだ？」

そういえばどうしてだろうと思いをめぐらせていると、「教えているうちに気づけばいいさ」と先生が言った。

太白の小学生たちは、折り紙によるバッタの制作を大よろこびしてくれた。そして、明日はトノサマバッタのつくり方を教えるからと約束した。

バッタ以外にもトンボやチョウなど、折り紙でつくる昆虫の種類はまだまだあった。

そもそも、おれに折り紙の手ほどきをしてくれたのは父だった。小学一年生の夏休みに家族三人で伊豆下田《いずしもだ》に出かけたのだが、あいにく雨に降られてしまった。海で泳ぐアテがはずれていらだつおれに、父はホテルの部屋で折り紙をつくってくれた。一枚の紙から、二羽がくちばしでつながっている鶴を折ったり、おれの注文につぎつぎ応えて、折り紙で昆虫の標本箱をこしらえてくれた。もちろん折り方も教えてくれて、おかげでおれは夏休み中に「折り紙名人」になったのだった。

評判が広まったらしく、避難所の小学生たちにも折り紙の授業をお願いしたいとの依頼が来た。断わる理由もないので、おれは村瀬先生が運転する車で沿岸地域にむかった。

新聞の写真やテレビの映像で見ていたとおり、一帯の家々は津波で流されて、遠くからでも太平洋が見わたせた。ゴールデンウィークにサイクリングで来たときには、大海原に圧倒されたが、今回は悲しみと恐怖をおさえこむのに必死だった。

招かれた小学校の体育館では、すでにボランティアによる臨時の教室が開かれていた。しかし、スタッフの数が足りないために、おれのような高校生までかりだされたわけだ。

小学生たちにショウリョウバッタの折り方を教えていると、数学の参考書を持った中学生がやってきた。自己紹介で、おれが東北平成学園の生徒だと言ったのをおぼえていて、解法を教えてほしいとのことだった。

先方の先生に相談すると、ぜひ相手をしていただきたいとお願いされた。そこで午後は体育館にいる中学生を集めて、わからない箇所の質問を受けることにした。

請われるまま、おれは一週間つづけて沿岸部の避難所に通い、中学生たちに勉強を教えた。夏休みにも、札幌の舫舺舎でみんなの勉強をみてきたので、数学や英語はもちろん、国語でも理科でもなんでもこいだった。

沿岸地域にある小学校までの送り迎えは、村瀬先生と本多先生が交互にしてくれた。道路は空いている日もあれば、混んでいる日もあった。車を運転しながら、村瀬先生はブラジルに移民した日本人たちの話をしてくれた。夏休みのブラジル行きではボリビアまで足を延ばし、サンタ・クルスという場所の日系人たちを訪ねたという。

本多先生は、イギリスで話されていた英語が北米やインドに広まるなかでどのように変化していったかを教えてくれた。

「前にも言ったが、ぼくは二歳でアメリカに行き、十四歳までむこうにいたから、今でも英語を話しているほうがしっくりくるんだ。正直に言うと、日本の社会や日本語という言語をバカにしてもいた。しかし、この震災にあって、共に暮らす仙台のひとたちが話すことばを、自分も話したいと思ったんだ。同じイントネーションで話そうというんじゃなくて、口幅ったい言い方になるけど、これまでよりも相手を尊重した話し方をしたいと思ってさ。それで、おそまきながら、宮城県の方言や民話の勉強を始めたんだ」

つぎの日の朝、おれは村瀬先生に、本多先生が話してくれたことを伝えた。

「本多先生は、高見が中学生たちに勉強を教えているところを見ていたんだろうな」

「そうです。午後三時ころに、体育館に本多先生がいるのに気づいて、用事があって早くに迎えに来たのかと思ったんです。でも、そうじゃないみたいだから、いつもどおり四時まで中学生たちの勉強をみてました」

おれが答えると、ハンドルをにぎる村瀬先生がバックミラーのなかでうなずいた。

「ぼくも感じたんだが、高見は年下と接するのが上手だよな。一人っ子なのに」

「それは、鮪鯡舎にいたからだと思います」

即答したのに、村瀬先生はなかなか返事をしてくれなかった。

「勉強ができるヤツっていうのは、自分より勉強ができない者を軽んじるのが普通なんだ。でも、きみの態度にはそうした嫌味なところがない」

村瀬先生はそこで口をつぐみ、しばらくのあいだ黙って車を走らせた。

「本多先生には、ぼくに話したことは言わないでおけよ」

「はい、わかりました」

そう答えたものの、おれは今ひとつ村瀬先生の真意がつかめなかった。

今日は地元テレビ局の取材があった。どういうわけか、おれが中学生たちに勉強を教えているところを長く写していて、ついにはインタビューを受けることになった。ボランティアは大学生が中心なので、詰め襟の学生服が目にとまったのだろう。

「お名前と、高校名を教えてください」

テレビで何度か見たことのある女性アナウンサーからマイクをむけられて、おれはカメラ目線にならないように気をつけながら答えた。

「高見陽介といいます。東北平成学園高等学校の一年生です」

「高見さんは、勉強の教え方が上手ですよね。中学生たちにきいても、みんなとてもわかりやすいと言っていました」

「ありがとうございます」

「将来の目標は学校の先生ですか？」

「いや、どうでしょう」

予想していなかった質問にとまどっていると、中学生たちが心配そうにこっちを見ていた。

「それでは最後に、避難所の生徒さんたちにむけてエールをお願いします」

そう言われて、おれはテレビカメラのむこうにいる中学生たちを見つめた。型どおりに、いろいろ不便でしょうが、がんばってくださいと言おうと思ったが、直前で気が変わった。

「実は、ぼくが通う高校は地震がおきた日が学園祭の初日でした。それがあんなことになってしまい、学園祭の中止をよぎなくされました。そこでぜひ、高校の授業が再開されたあかつきには、クラスメイトや先生たちと協力して、学園祭パート2を行ないたいと思います。たった今思いついたことで、まだ学校の了解は得ていません。でも、必ず実現させますので、そのときはどうぞ東北平成学園においでください。歓迎します」

中学生たちは笑顔で拍手をしてくれたが、多少宣伝めいてもいるので、放送ではカットされるだろうと思った。ところが、インタビューの全編がそのまま流れたので、ホールの大型テレビをひとりで見ていたおれは思わずのけぞった。

あとで聞いたところによると、地元限定のニュース番組でもあるし、取材にきていたディレクターが特別に許可を出してくれたのだという。

理事長と校長には放送の一時間前に連絡がいって、さっそく村瀬先生が学園の公式ホームページにニュースの映像をアップした。中本と菅野からはすぐに連絡があり、よく言ったとほめられた。

11

仙台市内の小中高校は、地震の発生から一ヵ月後に授業が再開された。

東北平成学園も授業が再開されたが、全体の二割近い生徒がしばらく登校しない旨を連絡してきたという。とくに多かったのは三年生で、大学受験が近いこともあり、震災の影響が少ない他県で勉強に打ちこもうということらしい。

そうしたなか、三年生生徒会長の木村さんは校長先生と共に正門に立ち、一ヵ月ぶりに登校してきた生徒のひとりひとりと握手をかわした。ただ、木村さんのとなりに村木さんの姿はなかった。

村木さんは石巻《いしのまき》市の出身で、両親をはじめとする家族や親戚のほとんどを津波によって亡くした。校長先生は奨学金の貸与を受けて大学進学をめざすように説得しているが、村木さんは応じないままだという。

元気なのは宇佐美で、ボランティアとして活躍する姿が何度もテレビに映った。坊主頭に鉢巻をして、力士のような体軀《たいく》で救援物資を運ぶさまはユーモラスでもあり、県議会議員をしている父親の指示もあるのだろうが、地震の直後から毎日のように炊き出しを手伝っていたというのだから、立派というしかなかった。

一年一組では五人が欠席した。そのうちの一人は他県の高校へ転校し、あとの四人はもうしばらくしてから仙台にもどる予定だという。

寮生はほとんどが故郷から帰ってきた。県外の出身者ばかりだし、もどってくるのは半数くらいではないかと思っていたが、おれの読みは見事にはずれた。

「みんな、高校進学を機に故郷を離れたわけだろ。だから帰省はしても、実家にまいもどるのには抵抗があるんだよ。親元が気づまりじゃなきゃあ、わざわざよそに出ないさ」

あくまで個人的な見解だとしつつも、菅野の意見は当たっている気がした。

「話半分に聞いておいたほうがいいぜ、菅野の両親は本当にいいひとたちでさ。こいつはまるきりのお坊ちゃんで、実家が気づまりだなんて、とんでもない」

骨折の癒えた中本は以前にも増して元気だった。ときおりふさいでいるのは槙野さんが岡山からもどってこないからで、ただし連絡はまめにとりあっているらしい。

おれたちは、地震の前と同じくワンダーランドで話し合いをしていた。夕食のあとの午後七時で、村瀬先生が提供してくれたこたつのおかげで身も心も温かかった。

生徒寮の食堂も、今日の授業再開にむけて、おとといの朝から調理作業を始めた。これまでどおり、朝晩の二食にプラス昼の弁当も持たせてくれる。

宮城県内の漁港は、地震によって大きな被害を受けた。地元産の魚介類が水揚げされないため、食堂のメニューは肉類ばかりだった。冷凍食品らしいおかずも多かったが、温かい食事を落ちついて食べられるのがなによりありがたかった。

「ごめんごめん、おしっこのつもりで行ったら、大きいほうもしたくなってさ」

周君がすっきりした顔でもどってきて、こたつに足をつっこんだ。

「まだ、こっちの寮に慣れなくて、ずっと便秘ぎみだったのが、ようやく出た」

「いいんだよ、そういうことはいちいち報告しなくて」

中本がしかめ面で言うのを聞き流して、周君は気持ちよさそうに伸びをした。

「ここに引っ越してきてよかったよ。やっぱり、同級生がたくさんいるところがいいね」

周君は菅野と中本と一緒に高速バスで山形まで出たあと、ひとり別れて新潟経由で横浜にむかった。中華街に父方の遠縁がいて、そちらのお宅に身を寄せた。

中国の長春《ちょうしゅん》で暮らす両親は一日も早い帰国をうながしたが、周君にそのつもりはなかった。仙台と電話がつながるようになってからは、村瀬先生とたびたび話したという。

これまで周君が住んでいた仙台市役所のそばにある留学生会館は大学院生が中心で、東北平成学園の高校生は周君ひとりだった。勉強をするのには都合がいいと思ってきたが、できれば東北平成学園の生徒寮にうつりたいと、周君は先生にうちあけた。

村瀬先生は校長を通じて各方面に働きかけて、めでたく周君の願いが叶《かな》った。もちろん周君も学園祭パート2の実行委員になった。

「それで、高見委員長。今度の中本君とぼくの対局は、二時間ずつの持ち時間でいいんだね？」

周君がきいて、おれは顔の前で手をふった。

「委員長はやめてくれよ。それはともかく、二時間ずつの持ち時間だと、足して四時間かかると思えばいいのか？」

「いや、持ち時間を使い切ったあとも、一手三十秒で打ちつづけることになるから、エンドレスになる可能性もある。しかし、たいてい四、五時間あれば終局するよ。いや、終局します、高見委員長」

中本が神妙な顔で言って、舌を出した。

三年生は大学受験にむけて追いこみ態勢に入っているし、二年生は生徒会長の村木さんに復帰の見こみが立っていなかった。そのため、学園祭パート2は一年生の生徒会がとりしきることになった。

本来なら、ツイン体制で生徒会長をつとめる中本か宇佐美が実行委員長に就くべきところだが、宇佐美は炊き出し等のボランティア活動がいそがしくて時間がつくれないという。中本は、自分がひとりでやるとツイン体制のバランスが崩れると理屈をつけて、言いだしっぺであるおれを実行委員長にまつりあげた。

校長や村瀬先生とも相談した結果、学園祭パート2は十月最後の日曜日に一日だけ開催することになった。その日に、体育館では受験生とその保護者を対象にしたオリエンテーションを行なう。

十月に入ってから、日没の時刻がどんどん早くなっていた。余震も絶えずおきているので、学園祭は午後三時で終わりにしてあと片づけに入り、恒例のファイヤーストームはまだ日がある午後四時すぎから行なうことにした。

「そういうわけだから、決着がついていなくても、午後三時でいったん打ち切りにするぞ」

おれが中本と周君を交互に見ながら告げると、二人が口々に言った。

「昼までには、周が頭をさげているさ」

「なに言ってるんだ。ヨセまでいかずに、中押しでぼくが勝つよ」

火花を散らす二人をよそに、菅野がおれにきいてきた。

「うちの両親が今度の学園祭を見に来ようとしていてね。みんなと一緒に夕食をしたいと言ってるんだ。迷惑だろうけど、考えておいてくれないか」

「おれのところも、おふくろが来たいそうだ。東北自動車道が復旧したんで、ペーパードライバーのくせに、佐倉から仙台まで運転するなんて無謀なことを言いだしやがってさ」

文句を言いながらも、中本はまんざらでもなさそうだった。

「おれとしては、学園祭までには美咲に仙台にもどってきてほしいんだがな」

「槙野さんは、岡山にいてもらったほうがいいんじゃないかな」

そう言って、周君が不敵な笑みを浮かべた。

「このあいだは油断したけど、横浜で鍛えてきたからね。今回は一日制の勝負だし、中本君に大好きな彼女の前で恥をかかせたくはない」

「生意気を言いやがって。おれが病院のベッドでただ寝ていたわけがないだろう」

ふざけながら言い合う二人の様子を眺めながら、おれはきのうの晩に送ったメールのことを考えていた。

地震の直後に連絡をくれた全員にむけて、おれは授業の再開と学園祭パート2の開催を知らせるメールを送信した。つまり、波子さん、恵子おばさん、卓也、母、古賀弁護士、北海道にいる魴鮄舎の仲間たちや吉見にはもちろん、「高見伸和」にも案内が届いたわけだ。

母からはすぐに返信があって、学園祭を見に来るという。地震のときは本気で心配してくれて、その後は東京か札幌に避難するようにとのメールがくりかえし届いた。介護の仕事がいそがしいなか、遠い仙台まで来るのは、息子の無事を自分の目でたしかめたいからだろう。

波子さんからは、今朝になって、ひと晩がかりでようやく両親を説き伏せたとのメールが届いた。

安全面を考えれば、波子さんの両親が反対するのは当然だった。おれも波子さんには仙台に来ないでいいと、ひとこと添えようかどうしようか迷った。しかし、それはそれで失礼だし、学園祭パート2の開催を教えれば、波子さんがかならず見に来ようとするのもわかっていた。

卓也と恵子おばさんからは、学園祭の成功を願っているという内容のメールが届いた。来てもらえないのはわかっていたので、励ましのことばをもらえて、おれは満足だった。

そんななか、「高見伸和」だけがまだ返信を寄こしていなかった。地震の直後にはメールを送ってくれたのに、いったいなにをしているのだろう？

仙台まで来るのは無理にしても、こっちの様子を心配するとか、自分も仕事をがんばっているから、おまえも学園祭をがんばれとか言ってくればいいではないか。

それとも、地震直後のメールは無我夢中で送ってしまったもので、父はおれにメールを送信したことを後悔しているのだろうか？　前科のある親は、子どもを気づかう資格がないとでも思っているのだろうか？　いつまでも返信をしないことで、おれがあれこれ悩むのがわからないのだろうか？

父について考えるたびに、おれは腹が立ってしかたがなかった。父など放っておけばいいとわかっていても、気がつくとまた父のことを考えている。

おれのいらだちを見透かしたかのように、授業が再開して四日目に福岡の古賀弁護士から手紙が届いた。

古賀弁護士はおれからのメールを読むと、群馬にいる父に電話をしたという。そして、無理をしてでも学園祭に行くようにすすめたが、父は返事をしなかった。それなら、高齢者介護施設での仕事の様子や、社会に復帰してから考えていることを手紙に書いて送るように言っても、父は応じる気配がなかった。

〈そういうわけですので、お節介を承知で、電話で高見さん自身から聞いた内容をお知らせします。

まず、高見さんは健康でよく働いているそうです。赤城山《あかぎやま》の山麓にある施設なので、空気がおいしくて、夜はよく星が見える。仕事のあいまに外に出て、色づき始めた木々や雄大な山々を眺めていると気持ちが落ちつくとのことでした。近くの酪農家から毎朝届けられる搾りたての牛乳もとてもおいしいそうです。

高見さんは高齢者介護施設に入居しているお年寄りたちに評判がよくて、同僚の方々ともうまくやれているようです。ただ、身元引受人になってくれた理事長の配慮で、前科のあることは隠しているため、しばしば罪の意識にさいなまれるとも言っていました。奥さまとは連絡を取っていないとのことです。それはいたし方ないにしても、私はぜひ陽介君の学園祭に行くように、しつこくすすめました。「合わせる顔がない」と言うので、「それなら、一生会わずに生きていくのか。この機会を逃したら、次はいつになるかわからないぞ」と電話口で叱責したところ、高見さんは黙ってしまいました。

きみは仙台で大きく成長されたのでしょう。長くはないメールの文面からでも、そのことが伝わってきました。きっと、高見さんもそう感じているはずです。だからよけいに、自分を情けなく思っているにちがいありません。

高見さんが勇気をふりしぼって、きみに会いに行くことを願ってやみません。今回は無理でも、いつか父と子の対面を実現してほしいと思っています。

九州の地から、学園祭の成功を祈っています。〉

「高見、おい、聞いてるのか？」

本多先生に呼ばれて、おれはわれに返った。

英語の授業中なのに、日本語で注意されたのは、おれがよほど上の空に見えたのだろう。

きのう届いた古賀弁護士からの手紙のせいで、おれはまるで授業に集中できなかった。二回しか読んでいないにもかかわらず、一字一句たがわず頭に刻まれて、父に対する怒りがとめどなくわいてくる。

「高見、どうした。聞いてるのか?」

注意されたそばから、またしても父のことを考えてしまい、おれは本多先生に頭痛がするとうそを言って教室を出た。六時間目だったので、養護の飯田先生に断わり、そのまま生徒寮に帰った。

「担当の弁護士としては、好意で知らせてくれたんだろうが、こんな手紙を読まされたんじゃあ、授業に身が入らないのも無理はないな」

放課後のワンダーランドで中本に同情されても、おれは少しも気が晴れなかった。

「高見。おまえ赤城山まで行って、おやじさんに会ってこい」

思いがけない提案に、おれはあわてて首をふった。

「行ってこいよ。深夜の高速バスに乗れば朝には着くはずだ。善は急げで、今夜出発しろ。一日くらい学校を休んだってどうってことないさ。旅費なら、おれが出してやる。高見には、生徒会選挙のときの借りがあるからな。それくらいは、お安い御用だ」

「絶対にいやだ。あんなやつには二度と会いたくない。今ごろになって善人面しやがって。心臓発作でもおこして、さっさとくたばっちまえばいいんだ」

どこまで本気なのか自分でもわからずに口走ると、こたつのむかいにすわる中本が顔を背けた。しまったと思ったときには、中本の頰を涙がつたった。

「高見、そういうことは、冗談でも口にするな。この世からいなくなっちまったら、どうやったって話はできないんだぞ」

「わかったよ、行ってくるよ。でも、おれは施設の名前も場所も知らないんだ」

しかたなく赤城山行きを受け入れると、早くも緊張で胃が痛くなった。

「それも含めて、全部おれにまかせろ。いきなりおやじさんと会っても、うちとけて話せるはずがないからな。ここは本気で策を講じよう。おれが福岡の古賀弁護士に連絡をして、もろもろの段取りをつけるから、おまえは部屋にもどってろ」

中本は普段にも増して頼りがいがあった。

「大丈夫だよ。中本は大胆だけど、それ以上に繊細だから。弘前でも、病院のスタッフや同室のひとに気をつかいまくってね。イケメンのうえにやさしいってんで、ナースたちが大さわぎさ」

菅野に肩をたたかれて、おれはワンダーランドをあとにした。

中本と菅野の気づかいはありがたかったが、おれは部屋のベッドで布団を頭からかぶると、父にむかって罵声を浴びせた。

「親父のバカ野郎！　一家離散に追いやっておいて、うまそうに牛乳なんか飲んでるんじゃねえぞ」

頭では父を許さなければいけないとわかっていたし、中本や菅野に甘えていることも自覚していたが、わきあがる怒りはおさえようがなかった。

父が横領罪で逮捕されて住む家を失ったものの、恵子おばさんや卓也や波子さんに助けられて、おれは無事に札幌の栄北中学校を卒業した。仙台の東北平成学園でも仲間たちや先生に恵まれて、こうして高校生活を謳歌《おうか》している。もしもあのまま、一人っ子のガリ勉である「ぼく」として大学受験に邁進《まいしん》していたら、ここまで楽しい日々はおくれていなかっただろう。

つまり、今日にいたるすべての出来事は、父の逮捕によって始まったともいえるわけだ。しかし、だからといって、父の失態を肯定できるわけがなかった。

「いいか、あんたのことは絶対に許さないからな！」

そう叫んだときドアがノックされて、「高見、おれだ」と中本の声がした。

12

午後十一時発の高速バスは、座席の八割がたが埋まっていた。仙台から高崎《たかさき》にむかうのには、鉄道だと大宮《おおみや》駅まで行って高崎線か上越新幹線に乗り換えなければならない。それがバスなら一本で行けるため、利用するひとが多いのかもしれなかった。

車内に備えつけの毛布を膝にかけて、リクライニングシートにもたれながら、おれは中本が立ててくれたプランを思い返した。

バスは明朝七時半ごろ、JR高崎駅前に到着する。二十四時間営業のファストフード店があるだろうから、そこで朝食をとり、七時五十五分にやってくる「あかぎ友愛ホーム」の巡回バスに乗せてもらう。デイサービスを受けるお年寄りがいる家庭をまわるマイクロバスで、九時すぎには赤城山麓にある高齢者介護施設にもどる。

あかぎ友愛ホームでは、友松《ともまつ》理事長がみずから出迎えてくれることになっていた。父の身元引受人でもある友松氏は、古賀弁護士を通して中本の提案を聞くと、とてもよろこんだという。

直接電話で話した中本によれば、友松理事長は七十歳をすぎているのに茶目っ気のあるひとで、父にはおれが会いに来ているとは知らせずに、仕事ぶりを見させてくれるとのことだった。具体的な方法は、施設に着いてから教えるというのが若干不安だが、ものの三十分で目的を達成した中本の交渉力に感心しないわけにはいかなかった。それでも、父を許すかどうかは別問題だと、おれは胸のうちでくりかえした。

目をさますとすでに窓の外は明るかった。朝日を浴びた赤城山は雄大で、裾野の広がりがすばらしく、おれは小学四年生の冬休みに草津《くさつ》でスキーをしたときのことを思い出した。

父は銀行の新潟支店に単身赴任していたため、仕事納めの晩に草津の旅館にあらわれた。おれは母と前日の昼間に特急電車で来て、初めて見る赤城山に心をうばわれた。山というと、簡単にはひとを寄せつけない峻険《しゅんけん》なイメージがある。ところが赤城山の裾野には家々や畑が点在していて、たくさんのひとびとを懐《ふところ》に抱く大いなる山の姿に、おれは感動したのだった。

群馬県を訪れるのはそのとき以来で、今回もおれは赤城山の威容に見とれた。新潟に単身赴任していたとき、父は月に一度は自宅のある朝霞と新潟を列車で往復していたのだから、何度となく赤城山を見てきたはずだ。縁あってその山麓で働くことを、父は今純粋によろこんでいるのかもしれない。

そう考えたそばから、愛人をつくったのが新潟時代だったことを思い出し、おれはカーテンを閉めて目をつむった。

「初めまして、わたしが友松です」

JR高崎駅前から乗ったマイクロバスを施設の前で降りると、背の高い白髪の男性にむかえられて、おれは自己紹介をした。

「高見陽介です。おはようございます」

父がお世話になっております、という挨拶も頭に浮かんでいたが、それもおかしい気がして、おれは気をつけの姿勢をとってからお辞儀をした。

「うん、よく育ってる。申し分ない」

平たい額に特徴のある、学者のような雰囲気の友松理事長は、おれの顔を見てうれしそうにうなずいた。

玄関でスリッパにはき替えてから、友松理事長のあとについてあかぎ友愛ホームの施設に入ると、なかはお年寄りでいっぱいだった。すぐのところがホールになっていて、寝巻きのうえにドテラを羽織ったひともいれば、カーディガンを着たひともいる。車椅子に乗ったひともいれば、杖をついているひともいた。

髪が白くなった、しわくちゃのお年寄りたちは、なにをするにもゆっくりしている。そのあいだを、そろいのジャージ姿の職員たちがてきぱき動きまわっていた。

「こちらにどうぞ」

廊下を歩いた先で、友松理事長が入居者の部屋をノックした。112号室のドアには、「山本勝利《やまもとかつとし》」と書かれたネームプレートがはまっていた。

「山本さん、おはようございます」

ドアを開けた理事長が挨拶をした。

リクライニング装置で上半身を少し起こした状態でベッドに寝ていた山本さんは、友松理事長を見て口をもごもごさせた。

「きのうお願いした、高校生の方です。うちの施設についてききたいそうなんで、食事に対する不満でも、スタッフへの注文でも、なんでも遠慮なくしゃべってくださいね。十分くらいしたら、またわたしが来ますから、それまでよろしくお願いします」

おれにはなんの説明もせずに、友松理事長は廊下に出ていった。

まさかこんな展開になるとは予想もしていなかったが、とりあえず自己紹介をしなければならない。

「ぼくは」と言いかけて口ごもったのは、「高見」と名乗ると父の息子だとわかってしまう可能性があるからだ。

山本さんにどれほどの理解力があるのかわからなかったが、おれはとっさに母方の姓を借用した。

「大下《おおした》陽介といいます。今日は、よろしくお願いします」

「ああ、おおした、おおしたさんね」

「はい。陽介は、太陽の陽に、自己紹介の介です」

そう言いながら、手のひらに指で「介」の字を書いてみせると、山本さんが大きくうなずいた。

「わたしは、九十三歳。数えだと九十四だ」

「そうですか。お元気ですね」

自然にことばが口をついて出て、山本さんが笑顔になった。

枕元の壁には家族と撮った写真や、孫らしい子どもたちの写真が何枚も貼られていた。〈おじいちゃん、誕生日おめでとう〉と中央に書かれた寄せ書きの色紙もあって、幸せな老後をおくっている方なのだとわかった。

「いいですね、たくさんお孫さんがいらっしゃって」

「うん、うん、ありがたい」

六畳ほどの個室で、日当たりもよく、内装もきれいだった。

ドアの横には、鉛筆で描かれた人物画が貼ってあった。

「この絵は、山本さんですね。やさしいお顔で、すてきな絵ですね」

鉛筆の線で大づかみに表情がとらえられているだけだが、モデルへの愛情が感じられるとてもいい絵だった。

顔を近づけると、強弱をつけられた線にはなんともいえない味があった。

そこで、右下のサインに目がとまった。

〈N. Takami〉

ローマ字で書かれた名前を見て、おれは息をのんだ。父に絵の心得があるなんて一度も聞いたことがない。なによりこの絵から受けた感動をどう始末すればいいのかわからなかった。

「それを描いてくれたのは、高見さん。とてもやさしい方です」

おれは耳をふさぎたかったが、まさかそんなまねをするわけにはいかなかった。

「すみません。ちょっとトイレに行ってきます」

山本さんに断わって廊下に出ると、ホールのほうから友松理事長がやってくるのが見えた。ほかの職員たちはそろいのジャージを着ているのに、ひとりだけジャケットを着ているので、すぐにわかった。おれは理事長から逃れようと、手前の角を左に曲がった。

「きみ、おい」

うしろから友松理事長に呼ばれたが、おれは突き当たりにあるトイレにむかった。本当に尿意をおぼえていたし、用を足したらもう仙台に帰るつもりだった。

骨を折ってくれた中本や友松理事長には申しわけないが、おれは父と和解するつもりはなかった。会うにしても、まずは父のほうから仙台まであやまりにくるべきで、わざわざこちらから出むく必要などなかったのだ。

トイレに入ろうとすると、ドアが開いて、なかから出てきたのは父だった。

「陽介、どうして？」

おどろいてあとずさる父の髪は見慣れた七三分けにもどっていた。紺色のスーツを着て、ネクタイも結んでいる。まるで銀行員だったときのままだ。どうしてほかの職員たちのようにそろいのジャージを着ていないのだろう。

おれの不審を察したらしく、父が言いわけをした。

「市役所や、備品の納入業者との交渉をまかされているものだから、昼間はこんなかっこうなんだ。このあとも理事長室に呼ばれていてね」

「そこで会う相手はおれだったと思うよ」

いぶかしげに眉間にしわを寄せた父はむかしのままの顔だった。

「おれは、絶対に許さないからな！　どんなにあやまられても、絶対に許さないからな！」

ためにためた怒りが爆発して、おれは父をにらみつけた。場ちがいなことをしているとわかっていたが、おれは自分をおさえられなかった。

「仙台に帰る。おれは帰ったって、友松理事長に伝えて」

周囲の視線を感じながら、おれは大またで廊下を歩いた。追いかけてきた友松理事長に呼びとめられたが、おれは会釈をしただけで、スリッパから靴にはき替えて玄関を出た。

13

「まったく、しょうがねえなあ」

夕方のワンダーランドで中本に呆れられて、おれは目を伏せた。高崎からの帰りは普通列車を乗り継いだので、仙台に着いたのは午後五時すぎだった。

中本の携帯電話には、昼すぎに友松理事長からメールが届き、不首尾に終わった顚末《てんまつ》が記されていたという。

「面とむかって罵られたんじゃあ、高見の親父さんがショックを受けたのはまちがいないよな。高齢者介護施設に住みこみで働いているんだからヤケ酒を飲むわけにもいかないし、へこんだまま長い夜をひとりですごすわけか、きついねえ。憂さ晴らしに、せめてカラオケにでも行かせてあげたいよ」

中本がおどけると、それを周君が受けて、マイクをかまえるふりをした。

「北ぁのぉ」

突拍子もない声でそれだけ歌い、周君は頭をかいた。

「ぼくはオンチでね。これぱかりはどうにもならない」

中本は周君の肩をたたくと、真面目な顔をおれにむけた。

「それはそれとして、ひとつ言っておくと、おまえは親父さんがひとりだけスーツを着てたことにカチンときたらしいが、おれが友松理事長と同じ立場だったら、たとえ親父さんが希望したとしても介護作業にはまわさないよ。百人を超える入居者を抱える施設を運営していくためには、行政や業者との折衝を担える人材がどうしても必要だからな。そういう意味じゃあ、大手都市銀行の副支店長までつとめた高見の親父さんはうってつけの人材さ。前科があるとはいえ、重々反省していて再犯の危険性はないんだし」

中本が古賀弁護士から聞いたところによると、友松理事長は日本における臨床心理士の先駆者として、全国各地の刑務所で受刑者の更生に当たっていた。看護婦をしていた奥さんの希望で、二十年前に郷里である赤城山麓に高齢者介護施設「あかぎ友愛ホーム」を開設し、地域の福祉に貢献してきた。ところが、二年前に奥さんを亡くしたのにつづいて、実務を任せていた実弟にも急死されて、一時は施設の閉鎖も考えるほど落ちこんでいたという。

「そういうわけだから、思いがけないかたちで自分の片腕になる人材を得て、友松理事長はずいぶん助かってるんじゃないかな」

政治家の家庭に育った中本の見方にはなるほどとうなずかせるものがあったが、おれは釈然としないままだった。

「高見の気持ちはわかるけど、おとうさんとの関係をこのままにしておくのはよくないと思うよ」

菅野のことばに、中本と周君がうなずいた。

「よし、高見の親父さんを学園祭パート2に招待しよう。交通費は出せないが、正式に招待状を送る。友松理事長にもその旨を伝えて、かならず仙台に来させてもらう。いいな、高見」

おれも内心では、父をあそこまで罵ることはなかったと反省していた。父がどんな気持ちで働いているのかは、山本さんを描いた絵を見ればよくわかった。

おれは、父が絵を描いているところを一度も見たことがなかった。折り紙がうまいのは知っているが、父はいつ絵を習ったのだろう？　あれほどうまければ、いろいろ描いてみたかっただろうに、どうして絵を封印してしまったのか？

おれは父のことをもっと知りたかった。

母は、恵子おばさんと仲が悪かったこともあって、大下の家族についてほとんど話さなかった。父はそれ以上で、おれが生まれたときには高見の祖父母はすでに亡くなっていたため、一人っ子で母親を早くに亡くしたことくらいしか知らなかった。愛人をつくり、横領罪まで犯したことは許せないが、父がどんなふうに育ってきたのかは知りたかった。

だから、学園祭パート2の招待状を父に送るという中本の提案に反対するつもりはない。ただ、父と顔を合わせて、また怒りださないという保証はなかった。

「大丈夫だよ。そのときは、おれたちがあいだに入って、冷静に話し合えるようにするから。なあ菅野」

「うん。でも、たぶんおれたちの出番はなくて、そのあたりのことは波子さんがうまくおさめてくれるんじゃないかな。学園祭の当日は、予定どおりに仙台まで来てくれるんだろ」
菅野が訳知り顔で目くばせをしてきたので、おれは顔がほてった。
「えっ、誰なの、波子さんって」
はしゃいでたずねる周君を無視して、中本は菅野に、自分の言うことをノートに書きとめるように言った。
〈拝啓
このたび、先の震災を乗り越えて開催される学園祭パート2に、謹んでご招待申しあげます。私を含めた本校の全生徒は、高見陽介君が父君と和解されることを心から願っております。お忙しいこととは存じますが、万難を排して、どうか杜の都・仙台の雄たる東北平成学園高等学校にお出ましください。生徒一同、全力で歓迎いたします。
敬具
東北平成学園高等学校　一年生生徒会長
中本尚重〉
高見伸和様
一節ごとに間をおきながら語り終えると、中本は息をついた。
「どれ、見せてくれ」
菅野が筆記した手紙の文面を読み返して、中本はいいだろうというようにノートを閉じた。

「高見、この内容を清書した招待状を親父さんに送るからな。なまじ面とむかって話そうとするからこじれるんで、学園祭に来てもらえば、おたがいの気持ちもほぐれるさ」

おれは中本の好意を心からありがたいと思っていたが、お礼を言うのはまだ早い気がして、黙ってうなずいた。

14

学園祭パート2の開催を翌日に控えた十月最後の土曜日、四時間目の終了を告げるチャイムが鳴りだした。

「さあ、始まりだ」

そう言うなり中本がフライングぎみに立ちあがった。

「おい、まだ授業は終わっていないぞ」

村瀬先生の叱責にはまるで耳をかさず、一年一組の生徒たちが一斉に立って、気をつけの姿勢をとった。

「しかたないな。そのかわり、午後五時には全員校舎を出るんだぞ」

「わかってます。それでは、一同、礼！」

日直でもない中本の号令に合わせて全員が頭をさげた。そして、机と椅子を教室の後方に移動させた。

九月の学園祭では、〈日中友好　校内囲碁対決〉に一年一組の教室をつかったが、今回はクラス全員が参加する企画を立てていた。

〈女装メイド喫茶・進路相談室〉

選抜クラスであることを臆面もなく売りにして、女装した男子が中学生たちの進路相談に当たる。もちろん、ふつうのメイド喫茶として利用してもらってかまわない。

目立つという点ではグッドアイディアだが、おれは女装なんて絶対に嫌だったので、実行委員長になっていて本当によかったと思った。委員長は正門に設置された受付につめて、もろもろの事態に対処しなければならないからだ。

一年一組の教室がつかえないため、中本と周君の対局は視聴覚室で行なうことになった。ギャラリーも同じ視聴覚室に入り、教壇のうえで対局する二人が打った手を村瀬先生がマグネット式の大盤に並べて、それを観戦してもらう。解説はつかず、私語も禁止とする。

中本と周君をのぞく一年一組のメンバーは、菅野の指示にしたがって教室の飾りつけを始めた。あらかじめ菅野が絵を描いておいた模造紙を壁に貼っていくと、占いの館のような怪しげな雰囲気の空間ができあがった。

ここに女装した男子が居並ぶとなると、進路について的確なアドバイスをしても信《しん》憑性《ぴょうせい》に疑問符がつく。それがこちらのねらいでもあって、シビアな志望校のしぼりこみは学校や進学塾にまかせて、あくまで受験に関する悩みをネタに気軽なおしゃべりを楽しんでもらおうという趣向だった。

おれは途中で教室を出て、明日のオリエンテーション会場となる体育館にむかった。木村さんが待っていて、九月にオープニングイベントで描いたけやき並木の絵を、二人でステージの背景としてセットした。

木村さんは東大をめざしていたが、第一志望を地元の東北大学に変えたという。

「地震と津波でめちゃめちゃにされた東北にこだわりたくなってな」

これから予備校に行くと言って、木村さんは早々に帰っていった。明日は、午前八時半からフィナーレまで、受付につめてくれるという。

日曜日の朝、おれたちは六時半に東北平成学園高等学校の正門に集合した。日が昇ったばかりで、じっとしていると寒いくらいだった。

さっそく三張りのテントを倉庫から運び出し、手分けをして組み立てていく。宇佐美が柔道部員をつれてきてくれたので仕事がはかどり、ものの三十分で受付ができあがった。

村瀬先生もやってきて、音響機材をセットし、マイクのテストをしていると、ワンボックスカーが正門の前に停まった。ハンドルを握っているのは和田さんだと気づいたときには、後部のスライドドアが開いて波子さんが降りてきた。

波子さんと目が合い、おれは胸がいっぱいになった。まわりに誰もいなかったら、抱きあっていたかもしれない。

「陽介君、久しぶり。元気そうだね」

くったくのない笑顔で言うと、波子さんは奥にすわっているひとを降ろそうとした。長時間車に乗っていたせいで、からだが動かないらしい。

「ちょっと手をかして」

波子さんに呼ばれていくと、なかにいたのは母だった。

「いやねえ、まだそんな年じゃないのに」

言いわけをする母の目には涙がにじんでいた。

心配させてきたことを申しわけなく思ったが、ここであやまるのもおかしいので、おれは波子さんと母に村瀬先生や中本たちを紹介した。

「高見と波子さんはまさにお似合いだね。うらやましいかぎりだ」

菅野が横にいる中本につぶやいた。

「まったく、こいつはめぐまれていやがる」と言って、中本が肘《ひじ》でおれを突いた。

和田さんによると、きのうの夜十時に小金井の家を出発して、休み休み運転しながら仙台をめざした。学園祭を終わりまで見たら、そのまま車で東京にもどるつもりだというので、村瀬先生が応接室で休むようにすすめた。

「おかあさまも、少し横になられてください。学園祭が始まるまでには、まだ一時間以上ありますから」

和田さんと母が村瀬先生に案内されて校舎に入っていく様子を、おれは波子さんと並んで見ていた。話したいことは山ほどあったが、学園祭の準備が先だった。

「さあ、時間がないから、どんどんやろう」

おれのかけ声に応じて、みんなが動きだした。

「ごめん、どこかで時間をつくるから」

「いいの、邪魔にならないように見てるから。あそこにすわっていてもいい?」

波子さんがテントに顔をむけたので、おれは先に歩いてパイプ椅子を広げた。

「ありがとう。途中でメールか電話をしようと思ったんだけど、きっといそがしくしてるだろうと思って」

そこで波子さんがあくびをこらえた。開こうとする口を右手でふさぎ、目をつむる仕草がかわいかった。

「じゃあ、行ってくる」

「うん、がんばって」

波子さんに励まされて、おれはみんなのところにもどった。


七時半には、正門の前に二十人ほどの行列ができた。八時半開始なので出足の早さにおどろいていると、つぎつぎひとがやってくる。他校の生徒が多かったが、中学生のグループや近所のおじさんやおばさんたちが列のうしろに並んでいく。

八時の時点でカウントしてもらうと、行列はすでに百五十人を超えていた。

「こりゃあ、たいへんなことになりそうだな」

中本が言って、おれの肩をたたいた。

「余震がきたときに備えて、一時間おきに放送で注意をうながすのを忘れるなよ。もっとも、震度5以下では対局は中断しないからな。わかったか、周」

「いいや、ぼくは逃げるよ」

周君が真顔で言って、受付のテントにいた全員が笑った。

これまで明るいニュースが少なかったせいか、東北平成学園の学園祭パート2の開催は、新聞やテレビで盛んにとりあげられた。おれは実行委員長として何度も取材を受けて、インタビューに答えた。

仙台市内にあるすべての中学校と高校に案内を送ったので、そこそこの来場者はあるだろうと見こんでいたが、まさかこれほどとは思ってもみなかった。

台原女子学園には菅野がチラシとポスターを持って行った。槙野さんはまだ岡山に避難しているため、湯元さんにわたしてきたという。

「元気そうだったよ」

菅野の言い方はあまりに素っ気なかった。しかし、心配しすぎるのも湯元さんに失礼な気がして、おれもそれ以上はきかなかった。

「高見、八時半になるぞ」

中本に言われて、おれは受付にいるみんなに声をかけた。

「よし、始めよう」

鉄製のゲートを、ひとが二人並んで通れる幅だけ開けて、両側から学園祭のプログラムをわたしていく。三十分たっても行列がとぎれず、それどころかますますひとが集まってくる。

「マスコミの効果もあるだろうけど、それだけじゃないんじゃないかな。芸能人の被災地支援イベントとちがって、地元の高校生たちによる企画だっていうことで、みなさん楽しみにしてくれたんだよ、たぶん」

中本が分析をして、なるほどそうなのだろうと、おれも納得した。

「よし。悪いが、おれたちは視聴覚室に行くぞ。周、覚悟はいいか」

「もちろんさ。今日は、このあいだのようにはいかないよ」

中本と周君は校舎にむかい、おれもプログラムの配布は宇佐美たちにまかせてテントにさがった。

波子さんと話していた木村さんが立ちあがり、おれをむかえてくれた。

「高見、ありがとうな。本当は、おれたち三年生が中心にならなきゃいけないのに」

「いいえ、ぼくのほうこそ、さしでがましいまねをして」

「そんなことはないさ。二年生や三年生も、高見や中本のおかげでもう一度学園祭ができるって、みんなよろこんでるんだ」

そのとき、木村さんの視線がおれから逸《そ》れた。

「村木。おい、村木」

木村さんはテントから飛び出すと、正門から入ってきたばかりの小柄な男子生徒を呼び止めた。

「村木、よく来たな」

木村さんは学生服を着た相手の両肩をつかんで、何度もゆすぶった。

「おまえ、たいへんだったなあ。本当に、たいへんだったなあ」

大きな身ぶりで感激をあらわす木村さんも、じっと立ち尽くしている村木さんも、涙で顔を濡らしていた。

「おお、村木」

村瀬先生もやってきて、ひとしきり再会をよろこびあった。そして、三人はつれだって職員室にむかった。

見ると波子さんがハンカチで目頭を押さえていた。木村さんと一緒にいるあいだに村木さんのことを聞いていたのだという。

「どうした。陽介君に泣かされたのか。それとも、うれし泣きか」

冷やかされて顔をむけると、和田さんと母が立っていた。

「ちがうの。ちょっと、すてきな場面に遭遇したの。それじゃあ、おとうさんたちと一緒に学園祭を見てくるね」

波子さんが母と和田さんと並んで校舎に入っていく姿を見送りながら、おれの頭にあったのは父だった。

中本からの招待状を受け取ったはずなのに、父はとうとう返事を寄こさなかった。母も母で、わざわざ仙台まで来るなら、父をさそったらよさそうなものだ。それとも、釈放後一年間は会わないという宣言を本気で実行するつもりでいるのだろうか？

ここで父が仙台に来てくれなければ、もう二度と会えなくなってしまうかもしれない。やはり母に、父を怒鳴ってしまったことを教えておけばよかった。父は今日も赤城山の麓にある高齢者介護施設で働いているのだろうか？

父への思いはつきなかったが、まもなく九時半になる。おれはマイクのスイッチを入れると、地震がおきた場合の避難の仕方について、在校生および来場者たちに説明を始めた。

十時すぎには、菅野の両親と中本の母親がつれだってやってきた。おれは沿岸部の避難所で勉強を教えた中学生たちと話をしていたので、簡単な挨拶しかできなかった。

「いいんですよ。夕食のときにゆっくり」

菅野の母親は校舎にむかって歩きながら何度もふり返って手をふってくれた。

中本と周君との対局は激しい戦いになっているようだった。波子さんが教えてくれたところによると、八十名ほどのギャラリーが対局を見守っていて、視聴覚室は熱気に包まれているという。

〈女装メイド喫茶・進路相談室〉はそれ以上の人気で、順番待ちの長い列ができているとのことだった。

まるで顔を出さないのも悪いと思い、木村さんに受付をまかせて、昼すぎに一年一組の教室に行ったのが運の尽きだった。

「おい、高見が来たぞ。逃がすな！」

菅野の号令でつかまえられて、おれはとなりの空き教室につれていかれた。必死の抵抗もむなしく、学生服とズボンを脱がされて、かわりにピンクのワンピースを着させられた。

もはやじたばたしても始まらず、おとなしく化粧をされていると、スピーカーから菅野の声が聞こえてきた。

「ただ今、〈女装メイド喫茶・進路相談室〉に当店人気ナンバーワンのメイドが出勤してまいりました。学園祭パート2の実行委員長、隠れイケメンの高見陽介君が、高見陽子さんとして、みなさんの進路相談に当たります。高見君は中学時代は東大合格者数ナンバーワンの某有名私立校にも在籍していた秀才で、本校の一年生でも一、二を争う成績の、いわば受験勉強の申し子といってもいい存在です。高見君、もとい、高見陽子さんによる進路相談は、特別に正門前のテント内で行ないます。みなさん、どうぞ高見さんを一目見においでください」

菅野のふざけたアナウンスのせいで、テントのまわりには黒山のひとだかりができた。写真もやたらと撮られたし、握手も何人としたのかわからないほどだった。

「ご苦労さま。たいへんだったわね」

ようやくテントの奥にさがると、波子さんがなぐさめてくれた。

「せめてメイクを落としたいんだけど」

「かわいいんだし、もう少しそのままにしてたら」

おれが頼んでも、波子さんは手を貸してくれる気配がなかった。どうやら菅野に言い含められているらしい。

メイクの落とし方などわからないし、自分の学生服がどこにあるかもわからないので、おれはしだいにどうでもよくなってきた。

「よし、こうなったらヤケだ」

おれはテントから出ると、女装のままパンフレットを配りだした。すると、またひとだかりができて、ツーショット写真を撮影されたり、握手を求められたりした。どうやら、おれは合格祈願のマスコットだと思われているようだった。

「あの、握手をお願いします」

まじめそうな男子中学生と握手をしてテントにもどると、母と和田さんがいた。

「やあ、似合うじゃないか。どことなく恵子さんに似てるよ」

さっきから見ていたという和田さんが、おれをからかった。母はこっちに背をむけて波子さんや菅野と話をしている。

午後二時をすぎても、学園祭に来場するひとはとぎれなかった。在校生も、他校の生徒も、保護者らしいひとたちもみんな楽しそうにテントの前を行き来している。

あの日、沿岸部の避難所に取材に来たテレビカメラの前で、おれがとっさに学園祭パート2の開催を口走らなければ、今日のイベントは行なわれていなかったかもしれない。

つまり、こうして波子さんや母や和田さんが仙台まで来てくれることもなかったわけだ。

どうしてあんなことが言えたのだろうと、おれはぼんやり考えていた。

「どうしたの？」

波子さんにきかれて、おれは顔をむけた。

「いや、なんでもない」と答えると、おれは考えるのをやめた。

そうだ、どうしてこんなにうまくいったのかを分析するよりも、今を楽しめばいい。

今日という日があったことで、みんなもおれも、明日からの日々を元気におくれるはずだ。

「高見。おい、高見」

菅野があわてた声で呼んで、おれはパイプ椅子から立ちあがった。

「どうした？」

「おとうさんがみえてる。高見陽介に会いたいって言われて」

菅野のうしろに立っているのはまちがいなく父だった。父は紺色のジャンパーを着て、
今日も髪の毛は七三分けだった。

「おとうさん」

そこでことばがとぎれたのは、感極まったからではない。おれは自分が女装をしてい

ることに気づいて、このかっこうのまま父と話すべきかどうか迷ったのだ。

「おとうさん、こちらにどうぞ」

おれの心中を察した波子さんが、父をテント内に招いた。

「初めまして。わたしは、和田波子といいます」

波子さんが自己紹介をして、父にむかってお辞儀をした。

父は彼女が誰なのか思い当たったようだが、会釈はぎこちなかった。

「陽介さんは、クラスのみんなに無理やり女装をさせられて、そのままになっているんです。本人は早く元にもどりたいみたいなんですけど、人気が出てしまって、もどるにもどれないんです」

波子さんは、わたしがついていながら申しわけありませんというように、もう一度頭をさげた。

「あの、高見さん」

母を伴った和田さんが父に声をかけた。

「わたしは波子の父で和田と申します。北大出の獣医で、在学中は後藤恵子さんの演劇を手伝っていました。今回は、娘がどうしても仙台にまいりたいということで、勝手ながら奥さまもお誘いして、東京から車でご一緒してきたわけです」

和田さんの丁重な挨拶に恐縮しながらも、父は母が仙台に来ていることに心底おどろいたようだった。

そのくらい予想しろよと、おれは父に文句を言ってやりたかった。しかし、ピンクのワンピースを着ていては、とても強気に出られなかった。

「おとうさんも、おかあさんも、あちらのテントに移りませんか？」

菅野が言って、木陰に立てた救護用のテントを手で示した。

「じゃあ、先に行ってて。おれは化粧を落として、着替えてくるから」

「いいわよ、そのままで」

母がムッとした声で言って、おれは直立不動の姿勢になった。

「あなたは実行委員長としての役目があるんだから、そう長く話すわけにもいかないでしょう。おかあさんだって、とつぜんのことだし、いくらみなさんの前でも、無理にうちとけるなんてできないから」

言わなくてもいいことをあえて口に出すと、母は奥のテントにむかった。

「大丈夫よ。帰りは、陽介君のおとうさんもうちの車で送るから、そのあいだになんとかするわ」

波子さんに励まされて、おれはうなずいた。

「おとうさんは車を運転できるんだろ？　運転手がぼくひとりだけだときついからね。きみのおかあさんは正真正銘のペーパードライバーだっていうから、その線でお二人を説得するよ。とにかく、よかった」

　和田さんに背中を押されて、おれは母のあとを追った。うしろから、父がついてくる気配を感じていたが、おれはふり返らなかった。

　中学二年生の五月に、札幌の鲂鮄舎にあずけられたばかりのころ、おれはいつかふたたび家族三人で暮らす日を夢見ていた。それから二年半、母と父とおれはようやく再会した。

　今後、両親とおれが同じ家に住むことはないかもしれない。それでも、これからも三人で会う時間をつくっていきたい。今日は、その最初の機会だと思えばいい。

　学園祭パート2を開催できただけでも十分うれしいのに、家族ですごすときまで得られて、おれは幸せだった。唯一の不満はこの女装姿だが、今日があってよかったという気持ちに変わりはなかった。

「おーい、高見」

　高いところから呼ばれて顔をあげると、渡り廊下から中本と周君が手をふっていた。

「高見君のおとうさん。初めまして、ぼくが中本尚重です。おとうさんに手紙を書いた者です。今、そちらに下りて行きますので」

　中本の大声が校舎にこだまして、あちこちの窓から生徒たちが顔を出した。

「悪い。メールで村瀬先生に高見のおとうさんがみえたことを知らせたら、ちょうど終局したところで、中本たちにも伝わったらしい」

菅野は顔の前で両手を合わせて、「スマン」と言って頭をさげた。

中本のとなりでは周君がVサインをつくっていた。

「おーい、みんな。学園祭パート2の実行委員長・高見陽介君のご両親がみえてるぞ」

中本が声を張りあげたので、教室や廊下の窓がつぎつぎに開き、生徒たちが顔をのぞかせた。

こうなったらしかたがないと覚悟を決めて、おれは父の手をとった。母の手もにぎり、中本たちにむけて両手をあげて見せた。

「ちょっと、陽介」

母が手をふりほどこうとしたが、おれは放さなかった。

「ごめん。いろいろあって、みんなうちの事情を知ってるんだ。それでも、こうして歓迎してくれてるんだよ」

「いいぞ、高見」

中本が手をたたいた。拍手は広がり、おれは両親とつないだ両手を高くかざした。

あたしのあした

今年は一年が早かった。九月に地震があったせいもあるけれど、まさか一年がここまで早くすぎるとは思ってもみなかった。去年の暮れに、卓也や陽介たちと餅つきをしてからそろそろ丸一年になるんだと気づいて、あたしはおどろいた。

いつものように五時前に起きて、かあちゃんのおむつを替えて、床ずれの手当てもしてから、あたしは朝ごはんのしたくを始めた。居室にはスチーム暖房が入っているけど、調理場は凍《い》てつく寒さで、寒暖計を見たらマイナス六度だった。

見なきゃよかったと思いながら、あたしは石油ストーブに火をつけた。そのときを待っていたかのように、エプロンのポケットに入れた携帯電話が鳴りだした。こんな朝早くにメールを寄こすのは令子《れいこ》しかいない。あたしはメールを無視して大根の味噌汁をつくり、十五人分の目玉焼きを三回に分けてフライパンで焼いた。

石油ストーブの熱に、炊飯器からあがる蒸気とガスコンロの火もあわさって、調理場がだんだん温まってくる。でも床板は冷たいままだから、毛糸の靴下にスリッパをはいていても、足踏みをしていないと足先がかじかんでしまう。

この家は築五十年近い木造の二階建てで、以前は「黒百合《くろゆり》の家」という児童福祉施設だった。クリスチャンの夫婦が身寄りのない子どもたちを育てていたが、やがて二人とも歳をとり、やむをえず施設を閉じた。土地と建物は、児童福祉に役立ててほしいと、札幌市に寄贈された。

あたしが運営者となって中学生専用の児童養護施設・魴鮄舎を始めるにあたり、市が改修工事をしてくれた。今から八年前のことで、壁と天井に新しい断熱材を入れて、水回りも直した。そのときはそれで十分だと思ったけど、図々《ずうずう》しいのを承知で、調理場と食堂に床暖房を入れてもらえばよかった。

こんなに寒くても、地球温暖化の影響なのか、北海道の冬の気温は年々上昇しているという。十九歳で札幌にやってきた三十年前とくらべると、雪の量はかなり減った。あのころは、師走に入ると来る日も来る日も雪が降りつづいた。あんまり降るんで、地球が氷河期になったかと思うほどだった。

小浜の冬だって、十分寒かった。日本海から吹きつける潮まじりの風は顔に当たると痛くって、令子は小学校の行き帰りによくべそをかいた。目だけが開いた覆面みたいな毛糸の帽子をかぶって、手袋だって二重にしているのに、それでも寒いって。あたしだって寒かったけど、四つも離れた妹に弱みを見せるわけにいかないから、わざと北風を顔に当てるようにして歩いてた。

「二人きりの姉妹なのに、どうしてああも性格がちがったかね」

独り言が口をついて出た拍子に、令子のひとり息子である陽介へと連想がつながった。

陽介は、故あって鲂鮄舎で二年間をすごした。わが甥ながら、とびきり頭のできがよくて、仙台にある私立高校に進学した。授業料免除に加えて、返還無用の奨学金も獲得して、これで心配はいらないと思っていたら、九月に地震におそわれた。陽介が無事だということはすぐにわかったけれど、ずいぶん心配だった。

令子によると、生徒寮の仲間たちが仙台を脱出して実家にもどったのに、陽介ひとりだけが生徒寮にとどまっていたという。陽介なりの覚悟があってのことにちがいなく、舎監の先生も一緒だってことなんで、「大丈夫に決まってるさ」と、あたしは令子を励ました。

そうは言っても、テレビに地震速報のテロップが出るたびに、陽介はケガをしていないかと気が気じゃなかった。あたしだけじゃなくて、鲂鮄舎のみんながハラハラしていた。

これが卓也なら、もちまえの運動神経で、たいていの困難は切り抜けられるはずだと安心していられる。でも、陽介はしっかりはしていても、サバイバルに強そうではない。

去年の暮れにした餅つきでは杵《きね》をふるうかっこうが危なっかしくて、ひと臼ついただけでへとへとになっていた。

そんなことを思い出しているうちに、あれからもう一年になるんだと気がついて、あたしは月日がたつ早さにおどろいたのだ。

「いろいろあったのはたしかだけど、それにしても早い一年だったね」

柄にもなく感慨にひたり、あたしはあわてて首をふった。

「すぎたことを懐かしむようになっちゃあ、おしまいだ」

そう言い聞かせても一度始まった連想はとまらず、春のお彼岸に季節はずれの大雪が降ったせいで、花の卒業式に行きそこねた顚末《てんまつ》が脳裏をかけ抜けた。

つまり、あたしは善男《よしお》に会わなかった。離婚して以来、二十一年ぶりの再会になるはずだったけど、前日の夕方から新千歳《しんちとせ》空港が閉鎖されちゃったんで、どうしようもない。花からは、飛行機がダメなら特急列車と新幹線を乗り継いで東京まで来てほしいとのメールが届いた。あたしだって、善男に会ってもいい気持ちになっていたし、なにより娘の卒業式に出席したかった。

仕送りなんてめったにできなくて、アルバイトをしながら看護大学で学ぶ花の奮闘ぶりには、いつも頭がさがる思いでいた。でも、北海道内は飛行機だけでなく列車も長距離バスもほぼ全面運休で、東京まで行くのはどうしたって無理だった。

〈「恵子は雪女というか、雪の女王だな。台風並みの爆弾低気圧を呼び寄せて、この冬一番の大雪を降らせちまうんだからな。いや、神様があいつを北海道から出さなかったんだ。恵子がこっちに来てたら、どんなおそろしいことがおきてたかわからんぞ」おとうさんはそんな冗談を連発して笑っていました。わたしが札幌まで行って、おかあさんに感謝を伝えたいけれど、四月一日から勤務で、準備出勤もあるので、北海道に帰るのはまたにします。四年間、大学に通わせてくれて、本当にありがとうございました。〉

卒業式のあとに送られてきた花からのメールは、袴姿《はかますがた》の写真と共に、あたしの携帯電話に保存されていた。

花は卒業した看護大学の附属病院で働いている。いずれは道内にもどるにしても、しばらくは東京で経験を積みたいという。

学生時代とちがうのは、花がひとり暮らしを始めたことだ。四年間、父親である善男のそばにいて、自分から離れられたのだから、あの子にとっても善男にとっても、いい年月だったのだろう。

善男は老婆ばかりが集うグループホーム八方園を運営していて、花は上落合《かみおちあい》にある施設兼自宅に居候をさせてもらっていた。四年前に再婚した善男には息子も生まれていて、奥さんとしてはさぞかし厄介だっただろう。そのうえ、あたしまで出しゃばってはあまりに申しわけないから、挨拶のたぐいはあえてしないようにしていた。

あたしはいつか善男と会うのだろうか。花の卒業式という絶好の機会を逃したのだから、つぎは花の結婚式だろうか。

「馬鹿を言っちゃいけない。花は花の人生を歩むんで、善男とあたしが会う口実をつくるために生きていくんじゃないからね」

自分にダメ出しをして、あたしは炊きあがったごはんをしゃもじでかえした。十合、つまり一升だから、しゃもじが重いったらありゃしない。それでも、業務用の大型炊飯器から立ちのぼる湯気を見ていると、幸せな気持ちになってくる。十四人の中学生を食べさせるのはたいへんだけど、面倒かといえばそうでもない。

「おばさん」と呼ばれて、あたしはふり返った。

「おばさん、サトちゃんが」

寝巻きのままの美江が言って、あたしは息をついた。

「また、おもらしかい」

「ほんの少しなんだけど」

「わかったよ。すぐに行くから、美江は部屋にもどってな。寒かったろう、ご苦労さん」

聡子は明日の終業式でもらう通知表が気になっているのだ。中間テストも期末テストもよくできて、一学期より成績が悪くなることは絶対にないと教えても、聡子は評点が下がると思いこんでいた。

あの子が言うには、先生たちに嫌われているからで、骨ばったからだにとがった目を光らせた聡子は、たしかに人好きがするタイプではなかった。反対に、美江は顔もからだもぽっちゃりして、みんなに好かれていた。ただし、勉強はからきしだった。物心つかないうちに児童養護施設にあずけられた二人は、もちつもたれつで苦しい境遇に耐えてきた。

中学一年生だって、精神的な不安から、一時的に夜尿症になることはある。きのうもそう言ってなぐさめたけど、二日つづきとあって、聡子はこの世の終わりのような顔で落ちこんでいるにちがいない。

「まったく、手がかかるね」

ガスコンロの火をとめると、あたしはエプロンをはずして調理場を出た。六時半をまわったところで、二階の廊下には中学校の制服を着た勝が心配顔で立っていた。

「おれに手伝えることがあったら言ってよ」

「ありがとう。助かるよ」と答えて、あたしは勝の肩をたたいた。

今年、三年生の男子は勝ひとりだった。四月五月はまるで頼りなかったのが、しだいに責任感が芽生えて、このごろは貫禄さえ漂ってきた。

「それじゃあ調理場に行って、目玉焼きをお皿に盛ってちょうだい。あと、冷蔵庫のお惣菜《そうざい》と納豆もテーブルに出して」

「わかった。おーいサトちゃん、元気を出せよ。おれだって、中一の夏まで、たまにしちゃってたぞ」

明るい声で励まして、勝は階段をおりていった。

「あたしだよ」

ドアを開けると、美江がシーツをベッドからはずしていた。聡子は壁ぎわにすわり、寝巻きのかわりにはいたジャージに顔をうずめていた。

「ほら聡子。ふてくされてないで、自分でやりな。美江も、聡子のことはいいから、制服に着替えて、勝を手伝っておいで」

勝にまかせておけば、自分たちで朝ごはんを食べて、片づけもして、いつもどおりの時刻に学校に行くだろう。ただし、短縮授業で給食がないから、お昼ごはんも用意しなくちゃいけない。きのうはインスタントラーメンでごまかしたんで、今日はおむすびにするつもりでいた。ひとり三個×十四人で四十二個をつくるのは、猛スピードでやっても一時間以上かかる。

昼すぎには札幌市役所に行く予定が入っていた。市内にある児童養護施設の新年度事業計画についての話し合いで、毎年行政VS.運営者でシビアな闘いがくりひろげられる。それが終わったら、大急ぎでもどって晩ごはんをつくるんだから、猫の手も借りたいとはこのことだ。

あたしがいそがしいのはいいとして、聡子は見るもあわれなほど落ちこんでいた。明日通知表をもらって、思っていたより成績が良かったとしても、それでいっぺんに気持ちが晴れたりしないのが、良くも悪くも聡子の聡子らしいところだ。

これまでは、野月《のづき》にしろ卓也にしろ、男子に手こずらされてきた。女子はいじめられている子を引き取ることが多かったから、ひっこみじあんを克服させるのが課題だった。でも、聡子はちがう。この子はありあまる力の使い方がわからずに、独り相撲《ひとずもう》をとっては自分で自分を傷つけてばかりいる。かつてのあたしを見ているようで、けっこうせつない。でも、目標を見つけたら、聡子はかなりおもしろいことをしでかすのではないだろうか。

あたしは勝手に期待しているが、当の聡子には立ちあがる気力さえないようだった。

「なんだい、ほんのちょっとしかしてないじゃないか。いいかげんに立ちな」

シーツを丸めながらハッパをかけても、聡子は顔をあげようとしなかった。

朝からこれじゃあ、先が思いやられる。ため息が出そうになるのをこらえて、あたしは聡子を抱きおこした。

悪い予感は当たり、札幌市役所での話し合いは長引いた。おまけに帰りぎわに児童療育課の職員から嫌味を言われて、あたしはあやうく暴れだすところだった。

「ふざけるんじゃないよ！」

　市役所の建物を出たところで吐き捨てても、怒りはおさまらなかった。

冬至が近いとあって、午後四時でも外はまっくらだった。しかも、かなりの大雪で、札幌駅にむかう通りに人影はなかった。みんな温かい地下街を歩いているのだろう。あたしは顔に雪を受けながら、道々怒りをぶちまけた。

「なにさまのつもりだってんだ。あんたなんかに、あの子たちのなにがわかるっていうのさ」

高架のしたをくぐり、北大の脇を通って、地下鉄北《きた》12条《じょう》駅が近づいても腹立ちはおさまらなかった。

「みてな、いつか頭をさげさせてやるからね」

札幌市役所から三十分ほど歩いて魴鮄舎にたどり着き、髪や服についた雪を払うと、あたしは引き戸を開けた。

「ただいま」

そのとたん、待ちかまえていたみんながいっせいにクラッカーを鳴らした。

「恵子おばさん、誕生日おめでとう!」

にぎやかな音と共に紙ふぶきやテープが飛んできて、中学生たちのうしろでは笑顔の卓也が手をふっていた。

「おばさん、久しぶり」

三月半ばの卒業式以来だから約九ヵ月ぶりで、卓也はさらに大きくなっていた。ジャージを着こなした雰囲気といい、坊主刈りの頭といい、どこをとってもスポーツ選手そのものだ。

「あんた、身長は何センチになってるのさ?」

あたしは廊下にあがり、卓也にきいた。

「百九十二かな。そろそろとまってほしいけど、チームの専属トレーナーによると骨に成長線が見えるっていうから、まだ伸びそうで、大台突破も夢じゃないってさ」

「二メートルを超すってことかい。そうなったら、脚立に乗らないと、あんたの顔が見えないね」

卓也はバレーボールの名門・私立青森大和高校にスポーツ推薦で進学した。練習づけの毎日で、一年生ながら実力と将来性を買われて、海外遠征のメンバーにも選ばれた。おかげで、夏休み中に札幌に行けそうもないと、メールで嘆いてきた。

チームは順調に地区大会を勝ち抜き、一月に開催される「全日本バレーボール高等学校選手権大会」通称「春高バレー」に十年連続での出場を決めた。当然年末年始も練習だろうから、そのうち卓也に陣中見舞いでも送ってあげようと思っていた矢先の登場で、あたしは本気でおどろいた。

食堂のテーブルには、バースデーケーキをはじめとする誕生パーティーのしたくが整っていて、あたしはもう一度おどろいた。

鶏のから揚げ、メンチカツとコロッケ、フライドポテトに焼きそばと、中学生たちが好きなものばかりお皿に山盛りになっている。夕方に、みんなで近所のスーパーまで買い出しに行ってきたそうだ。

「十二月のはじめに卓也先輩から連絡があって、十九日に札幌に行くから、パーティーをしようぜって言われたんだ」

勝がいきさつを説明して、あとはお願いしますというように卓也を見た。

「おれの高校は今日が終業式なんだけど、今日の午後と明日はオフだってことが今月のはじめにわかってね。おばさんの誕生日と重なったから、こりゃあいいってことで勝に連絡したわけよ。絶対にバレないように準備しろよって念を押してさ」

卓也によると、青森に行ってから、あたしの誕生日を知らないことに気づいた。仙台の陽介にきくと、陽介も知らないという。そこで、陽介の母親にきいてもらい、ようやく十二月十九日だということがわかった。

「ちなみに、今日のパーティーのスポンサーはおれと花さんね。おかあさんの誕生日にこんなことをするつもりでいますって連絡したのさ。そうしたら、花さんも一枚かませてもらいたいって言ってくれてね」

そこで卓也が視線をむけた先には、二人でひとつの花束を持った聡子と美江が立っていた。

「おばさん、四十九歳の誕生日おめでとう。花さんにかわって、わたしたちがお祝いします」

美江はすらすら言うと、となりにいる聡子の肩をつついた。

「おばさん、ごめんなさい」

お辞儀をした聡子の目から涙がこぼれて、それきり先がつづかなかった。

「サトちゃんは、今日のことがあるのに、失敗をしちゃったから、よけいに落ちこんでたんです。でも、もう大丈夫だよね」

美江になぐさめられて、聡子はしゃくりあげながらうなずいた。

「ほれ、もう泣くな。さあ、歌おう」

卓也にうながされて立ちあがった勝が、「さん、はい！」と指揮をとると、「ハッピバースデー、トゥーユー」とみんなが歌いだした。

「悪かったね、ずいぶんお金がかかったろう。それに札幌までの電車賃だって」

パーティーが終わり、片づけもすんだ食堂で、あたしは卓也にお礼を言った。

「来る日も来る日も朝から晩まで練習で、お金を使うひまがないから、奨学金がたまる一方でさ。それに、花さんにも感謝されたしね。電話とメールでのやりとりだけで、まだ会ったことはないんだけど。そうだ、おばさん、自分の誕生日を忘れてただろう」

「まあ、そうだね」

あっさり認めると、卓也がまじめな顔になった。

「ちょっとは自分のことも考えなよ」

「でも、まるきり忘れてたわけじゃないからね」

「それも、花さんに聞きました」

あたしの誕生日は十二月十九日だから、子どものころはかあちゃんの意見でうしろにずらして、クリスマスパーティーと一緒に祝うことになっていた。プレゼントは二つもらっていたけど、ケーキは一度に二つも食べられない。なんとなく損をしている気がして、別の月に生まれたらよかったと思っていた。

ただし、自分が親になってからはかえって便利で、花と二人でクリスマスイブにまとめて祝ってきた。その流れで、花は毎年十二月二十四日に電話をかけてくる。だから、あたしに、自分の誕生日＝パーティーという発想はなかった。

それだけに今日のサプライズはうれしくて、久しぶりに自分の誕生日が十二月十九日だってことを実感した。

「花さんが、時間があったら春高バレーを見にきてくれるってよ」

「あんた、試合に出られるのかい」

「出るに決まってるじゃん。スタートじゃないけど、スーパーサブとして、ベンチ入りメンバーにはいってるぜ。ちなみに、一年生ではただひとりね」

卓也はエラそうにあごを突き出してみせた。

「スーパーサブって、なにさ？」

あたしがきくと、卓也が椅子からずり落ちた。

「マジ、そんなことも知らねえの？」

二人きりで話しているので、卓也は口のきき方がぞんざいだった。

「セッターやアタッカーは知ってるよ。でも、スーパーサブは知らないね。あたしは運動神経には自信があるけど、スポーツにはちっとも興味がなくてさ」

負けじと言いかえすと、卓也が悲しそうな顔になった。

「そういやあ、栄北中のときも、おばさんは一度も試合を見にこなかったもんな。いそがしいからだと思ってたけど、実は興味がなかったわけね」

「勝利を祈ってはいたよ。それと、あんたがケガをしませんようにって祈ってた」

さすがに悪い気がして、あたしは言いわけをした。

「はいはい、ありがとうございます。もしかすると、花さんもスポーツに興味がないタイプ？」

「どうだかね。ただ、あたしに似て面食いなのはまちがいないよ」

「なんだ、それ。まあいいや、久々に札幌まで来て、イライラしても意味ねえし」

卓也のほうから矛《ほこ》をおさめてくれて、大人になったものだと、あたしは感心した。このぶんなら、選手としてもけっこう活躍するにちがいない。あたしが言っても、なんの説得力もないけど。

そこで携帯電話が鳴って、メールの着信を知らせた。そういえば、朝早くに令子からメールが来たんだっけ。

「ちょっと、ごめんよ」

卓也に断わってその場で携帯電話を開くと、またしても令子からだった。そこでまず、あたしは午前五時すぎに届いたメールを開いた。

〈おねえちゃん、誕生日おめでとう。健康に気をつけて、いつまでも元気でいてください。おかあさんの介護もまかせきりで、申しわけなく思っています。〉

思いがけない文面に胸をつかれて、あたしは涙ぐみそうになった。令子が心からあたしの誕生日を祝ってくれるなんて初めてだ。それも朝一番のメールで。

「なんか、いいことが書いてあったわけね。良かった、良かった」

腕組みをした卓也がうなずく様子を横目で見ながら、あたしは今し方、届いたばかりのメールを開いた。

〈いそがしくしていることと思います。陽介は、冬休みもそちらにうかがうそうで、わたしも合流して、おねえちゃんや魴鮄舎のみんなとお正月をしたかったのですが、ちょっと難しそうです。それにしても、今年は地震のことも含めて、本当にたいへんな一年でした。〉

二通めのメールは長かったので、あたしはあとで読み直すことにした。

十月末に陽介の学園祭で夫に会ったあと、令子は少し情緒不安定になった。令子にとっては予定外の遭遇で、七月半ばに懲役二年の刑期満了を前に仮釈放された夫とは最低一年間は会わないつもりでいた。ところが、陽介の友人たちが父と息子を和解させようともくろんで、そこに令子も居合わせることになったのだという。

「はっきり言って冗談じゃなかったわよ。そもそも、あのひとがおかしいのよ。陽介のところに行く前に、あたしに会いにきて、ちゃんとあやまるべきじゃない。刑務所の面会室では何度もあやまられてるけど、釈放されたなら、あらためて謝罪に来るべきよ」

仙台まで学園祭を見に行った翌日に電話をかけてきた令子は早口でまくしたてたので、あたしは事情を飲みこむのに苦労した。

「だって、あんたは一年間は会わないって宣言してたんだろ。だったら、伸和さんだって訪ねていきようがないじゃないか。言っとくけど、あたしはあんたの旦那をかばうつもりはさらさらないからね」

「わかってるわよ。とにかく、あたしはあんなふうに会うのはいやだったのよ」

「それじゃあ、どんなふうに会うならよかったのさ」

思わず指摘すると、令子はいきなり電話を切った。あたしは携帯電話を耳に当てたまま、よけいなことを言ったもんだと反省した。

もしも花の卒業式で善男に会っていたら、あたしはさぞかし動揺しただろう。善男だって動揺したにちがいない。善男はあたしが来られないとわかって、よほど安心したのだ。それで、あいつは雪女だ、いや雪の女王だなんて冗談を飛ばしたのだ。

その後、令子は毎晩のように電話をかけてきて、あたしは長話につきあわされた。夫が刑務所で服役しているあいだはおさえられていた感情が、釈放されたことでおもてに出てしまったのだ。介護の仕事にも慣れてきたというのに、専業主婦だったころの暮らしが懐かしいと言って、令子は電話口で泣き出したりもした。

「あんたねえ、気持ちはわかるけど、うちの子たちは物心つかないうちからしんどい境遇に耐えてるんだよ」

「わかってるわ。わかってるけど、しょうがないじゃない」

そんな泣き言も、ひと月もすると言わなくなって、令子は気を取り直したようだった。あたしの誕生日にメールをくれたところをみると、すっかり元気になったのだろう。

「陽介のおふくろさんもがんばるよなあ。花さんもだけど、病人の相手ばかりするのは、そうとうしんどいはずだよ。おれたちみたいに、元気の良さを競い合うのも楽じゃないけどね」

最後はおどけると、卓也は椅子にすわったまま伸びをした。広い胸と長い腕は大きな鳥のようだった。

高く、強く、卓也は跳ぶのだ。産みの親を知らずに育ったというのに、卓也は立派に成長している。陽介も勝も、聡子も美江も、みんな不遇に負けずに懸命に生きている。

「魴鮄舎は、児童養護施設のなかのエリート養成所だなんて言うひとたちもいましてね」

札幌市役所で言われた嫌味を思い出し、あたしはつくづくくだらないと思った。

卓也には恵まれた肉体と抜群の運動神経がある。陽介の学力もハンパじゃない。もちろん、スポーツ万能だってグレてしまう子はいくらでもいる。勉強ができることに足元をすくわれて、性格がゆがんでしまう子だって山ほどいる。でも、あの子たちはそうならなかった。

そうならなかった理由は、いくらでもあげられる。魴鮄舎に入ったのは、あの子たちが素直に育った理由のうちのひとつにすぎない。そんな卓也と陽介に引っ張られて、魴鮄舎の子どもたちはそれぞれの道を一歩一歩進んでいる。苦しい境遇に耐えるだけでもたいへんなのに、そのうえなにかを成し遂げるために努力を積み重ねるのは並たいていでない。

卓也を見たら、あの職員だって、あんな嫌味を言う気にならなかったはずだ。あたしだって、久しぶりに卓也に会って勇気が出た。陽介は、仙台でどんなふうに成長しただろう。陽介に会うのは楽しみでもあり、ちょっと怖い気さえする。

卓也や陽介がたゆまぬ努力で将来を切り開いていくように、あたしも負けずにがんばりたい。っていうか、負けてたまるか。人生は競争じゃないけど、やっぱりおくれはとりたくないじゃないか。

まずは、暮れにお餅をつこう。今年は卓也がいないから、実はどうなるか心配してた。だけど、勝を中心にがんばろう。きっと、おいしいお餅がつきあがるはずだ。

「おばさん、なに力んでんだよ。誕生日ぐらいのんびりしろよ」

「無理だね、性分なんでね」

反射的に言い返すと、卓也がしょうがねえなあという顔で笑い、つられてあたしも笑い出した。

解　説

佐久間文子

長いあいだ新聞記者の仕事を続けて、新聞社をやめてからはフリーランスのライターとして働いてきて、インタビューをするときはできるだけ、その人が語ることばを、語尾や言い回しのくせも含めて正確にとらえようと心がけている。取材相手が男性の場合は、自分のことを何と呼ぶか、「ぼく」なのか「私」なのか「おれ」なのかも大切なポイントで、忘れずにこれもメモしておく。

ひとりの話し手のなかで、人称が途中で変わることもある。「私」で話し始めた人が、いつのまにか「ぼく」と言い、勢いがついて「おれ」になるころには本音も出てくる。学生時代の思い出や、旧友とかわした会話を再現するときなど、知らず知らず「おれ」を連発する人も多い。

だから、この小説の冒頭、主人公高見陽介の自問はとても気になる。

おれは、まだ「おれ」なのか？　それとも、いつのまにか「ぼく」にもどってしまったのだろうか？

『おれたちの約束』は、作家・佐川光晴のすべてが詰まった、現時点での代表作ともいえる人気シリーズの第三作にあたる。第一作の『おれのおばさん』で、エリート銀行員の父、専業主婦の母のもとで何不自由なく暮らしていた中学二年の陽介は、父が顧客の金を横領した容疑で逮捕されたことをきっかけに、一家離散の憂き目に遭う。父は刑務所に、借金返済のため病院に住み込みで働く母とも離れ、母の姉にあたる恵子おばさんが切り盛りする札幌市内の児童養護施設・魴鮄舎《ほうぼうしゃ》で暮らすことになった陽介は、いつのまにか自分を「おれ」と呼んでいることに気づく。両親に庇護《ひご》され、勉強さえすればよかった中学二年生が、これからは自分で身を処しつつ、世間の逆風と渡り合っていかなくてはいけない。その動揺や怒り、絶望、すべてを引き受けてみせるぞという武者震いのようなもの、一足飛びに大人にならざるをえない悲しみ。そうした揺れ動く気持ちが「ぼく」から「おれ」への変化にはこめられていて、この小説のそもそものスタート台だったはずだ。

ではなぜ、陽介は改めてこんな問いを発しているのか。

仙台市にある東北平成学園高校の一年生となった陽介は、寮生活を送っている。成績のトップを争うライバルで、喧嘩《けんか》をしたのち親しくなった級友の父親から里親になるという援助の申し出を受けるが、それを断り、心の支えでもある恵子おばさんからも離れて、ひとり知らない土地へやってきた。授業料免除の特待生で、入学試験で上位三位に入った陽介には、返還不要の奨学金も支給されている。

父親が逮捕されるまでは東大合格者数ナンバーワンの開聖学園に通っていた。あれから二年、自力でハンディを克服し、ようやくかつてのクラスメートたちと肩を並べるところまで追いついてきたのだ。

陽介はつよく、賢い。このつよさは、おそらく彼自身も自分の中にあることを知らなかったもので、人ひとりを押しつぶしそうになるほどの環境の変化によって引き出されたはずだ。父が犯罪者になるという逆境を言い訳にせず、退学せざるをえなかった開聖学園のクラスメートと同じ程度の学力を維持すること。十四歳が自分に課した困難な課題を、彼はみごとにクリアしてみせた。

それでは、昔のクラスメートと同じように一心不乱に東大進学をめざし、合格すればいいのか。課題をクリアした高校生の陽介は、新たな問いに突き当たる。そこで生まれてきたのが冒頭の問いだ。

環境の変化は陽介に、それまでより姿勢を低くすることでぐんと広がった視野と、同じように厳しい環境を生き抜こうとするかけがえのない仲間を与えた。だからこそ、本のタイトルにつく一人称も、一作目の「おれ」から、二作目以降は「おれたち」になり、作品によっては視点人物も時折、交代している。

陽介の場合、「ぼく」から「おれ」への変化は、単に年齢がもたらしたものではない。不本意な状況に投げ出されたことで出てきたつよさやたくましさの表れであり、それでも時折顔をのぞかせる、柔らかな「ぼく」を守っているよろいが「おれ」なのである。

人生の階段をのぼる途中の踊り場のような場所で、何事もなかったようによろいを脱ぎ、「ぼく」に戻ってエリートの座をつかむことが自分のめざすところではないとたぶん彼は気づいている。当初、父の犯罪のことは新しい級友に知られたくないと思っていたが、生徒会長に立候補した友人の中本が政治家だった父親のスキャンダルについての噂《うわさ》を流され苦しい立場に置かれたとき、追加の候補者に推薦された陽介は、いちばん隠しておきたかった自分と父親のことを一年生全員の前で話してしまう。

身を捨ててこそ浮かぶ瀬もあれ——昔ながらの言葉を思い起こさせる陽介の咄嗟《とっさ》の行動は、中本を救い、噂を流してしまった生徒を救い、何よりも陽介自身を救って、「おれ」の場所に連れ戻す。陽介がこのようにふるまえたのは、かつてクラスメートが陽介の秘密を暴露したあとで、鮒鮴舎で同室だった卓也が、自身が施設に来るにいたった痛ましい経緯を彼に伝えた、というのをたぶん覚えていたからだろう。

そんな陽介を直撃するのが東北を襲った大きな地震である。

振り返ると、陽介が札幌南高校から仙台の東北平成学園に進路を変えたのは、震災後の「すばる」二〇一一年八月号に発表された「おれたちの青空」(『おれたちの青空』所収）でのことなので、作家はあえて陽介を仙台に向かわせ、そこで地震に直面させているることがわかる。つくづく作家というのは因果な――という表現が適切でなければ、手塩にかけた主人公に次々、艱難辛苦《かんなんしんく》を与えたくなるものだ、と思う。

新しい土地でも大切な仲間を得た陽介には、刑務所から出てきた父との和解という大きな課題がのこされている。許したい気持ちと許せない気持ち。ふたつに引き裂かれた陽介は、仲間のすすめで父に会いに行き、思わず感情を爆発させて、手ひどく父を傷つけてしまうが、震災で中断された学園祭のパート2で離れて暮らす両親との再会がかなったとき、自分の感情を抑えて、ひとまず父と母との手を握ってみせる（ここでも仲間からのサポートがあるが、感情を抑えることのできた決定的な理由が傑作なので、直接、本文にあたってください）。刑余者となり、社会復帰をめざす父との本当の意味での和解は今後に持ち越された（のだと思う）。

シリーズを『おれのおばさん』から読み返してみて、陽介のスケールの大きさは、わからないことに性急に結論を出さず、くりかえし考え続ける持続力にあるのではないかと思う。本作でも、震災後の仙台を後にする仲間たちと離れて、自分はのこる、という決断をしたときも、なぜそうするかはわからないままに選択し、行動している。

正解が何か、瞬時に判断するのではなく、心の声の命ずるままにまず行動し、それから理由をゆっくり考えてみる。それには、間違うことをおそれない、恵子おばさんや、恵子の配偶者だった善男の生き方に学んだ影響も大きいはずだ。

陽介は今後、父親を理解し、すべてを許すことはできるのだろうか。陽介の両親の人生、恵子おばさんの人生、卓也の人生、仙台で出会った級友たちの人生。そしてこの後、魴鮄舎と恵子おばさんとを心のよりどころとして、大きな海に漕ぎ出していくであろう、陽介自身の今後の人生が気にかかる。

陽介はもはや、困難を避けないだろう。

（さくま・あやこ　文芸評論家）

初出誌「すばる」
おれたちの約束　二〇一三年四月号
あたしのあした　単行本書き下ろし

この作品は二〇一三年六月、集英社より刊行されました。

集英社文庫

おれたちの約束《やくそく》

2016年5月25日　第1刷　　定価はカバーに表示してあります。

著　者　佐川光晴《さがわみつはる》
発行者　村田登志江
発行所　株式会社　集英社
東京都千代田区一ツ橋2-5-10　〒101-8050
電話　【編集部】03-3230-6095
【読者係】03-3230-6080
【販売部】03-3230-6393(書店専用)

印　刷　大日本印刷株式会社
製　本　大日本印刷株式会社

フォーマットデザイン　アリヤマデザインストア　　マークデザイン　居山浩二

ISBN978-4-08-745442-0 C0193